大富豪は華麗なる花嫁泥棒

ロレイン・ホール 作

雪美月志音 訳

ハーレクイン・ロマンス

東京・ロンドン・トロント・パリ・ニューヨーク・アムステルダム
ハンブルク・ストックホルム・ミラノ・シドニー・マドリッド・ワルシャワ
ブダペスト・リオデジャネイロ・ルクセンブルク・フリブール・ムンバイ

ITALIAN'S STOLEN WIFE

by Lorraine Hall

Published by Harlequin Japan, a Division of K.K. HarperCollins Japan, 2025

ロレイン・ホール

優れた空想力で極上のヒーローと、彼らのハートを射止める意志が強く威勢のよいヒロインを生み出す。おばけが出そうな家に、ソウルメイトと、やんちゃな子供たちと暮らす。ロマンスを書いていないときは、ロマンスを読んでいる。

主要登場人物

フランチェスカ・カンポ……………………富豪の相続人。
ベルティーニ・カンポ……………………フランチェスカの父。
ヴァレンティーノ・ボナパルト……………フランチェスカの婚約者。愛称ヴェイル。
アリスティド・ボナパルト………………ヴァレンティーノの異母弟。実業家。
ミロ・ボナパルト…………………………アリスティドの父。
ジネーヴラ…………………………………アリスティドの母。ミロの家政婦。
マウリツィオ………………………………アリスティドの料理人。
ルカ…………………………………………アリスティドのスタッフ。
ヴェラ………………………………………アリスティドのスタッフ。
ルトヴィカ・ガロ…………………………アリスティドの知人。

1

フランチェスカ・カンポはヴァレンティノ・ボナパルト邸の美しいスイートルームに座り、見事な装飾が施された鏡で自身の姿を点検した。完璧だった。黒い髪は一本の乱れもなく、化粧は一点の汚れもない。彼女のためにあつらえられた純白のウエディングドレスはどの角度から見ても美しい。

フランチェスカが受け入れることができたのは、それだけだった。この瞬間は、長年の努力の集大成だった。あと数時間で、彼女はフランチェスカ・ボナパルトになる。

そして自由になる。

彼女は今、四年の月日をかけて計画してきたことをすべて手に入れようとしていた。

父親からの逃避。それが、少なくとも生まれ育った環境よりもよい状況を自分にもたらすと、彼女は確信していた。

ヴェイルことヴァレンティノ・ボナパルトは少し堅物で、よそよそしい。しかし、彼らはお互いを理解していた。フランチェスカは慎重に検討を重ねたうえで彼を夫に選んだ。ヴェイルは彼女に必要なものをすべて与えてくれる。何よりも自由を。イタリアのピサ沖に浮かぶ彼の先祖伝来のこの島まで、彼女の父親はやってこないだろう。今日という日が何事もなく過ぎれば。

胸の内で不安が頭をもたげたが、それはいつものことだった。実際、来る日も来る日も。

気まぐれで暴力的で、お金のおかげで無敵になった父親のもとで、フランチェスカはずっと殻に閉じこもって生きてきた。彼女は父親が好き勝手に動かせる物言わぬ駒だった。

その一方で、父親は知らなかった。いつの日か父親のもとを脱出する計画を立てるような娘を育てあげていたことを。周囲の人たちも、フランチェスカがそのような計画を練っているなど、思いもしなかった。なぜなら、彼女の父親がつくりあげた〝完璧な娘〟としか見ていなかったからだ。

それがフランチェスカの計画を完璧なものにした。メディアが取り上げる彼女は善良さの化身だった。ベルティーニ・カンポの莫大な財産を受け継ぐ、正真正銘の聖女。誰一人として欠点を見いだせなかった。

とはいえ、フランチェスカが成功の果実をつかんだとは言いがたかった。

当初、フランチェスカはヴェイル・ボナパルトと恋に落ちたふりをしなければならないと思いこんでいた。彼の自尊心を満足させる、模範的で従順な花嫁を演じ続けるのだ、と。

けれど、そうではなかった。何カ月も彼を口説こうとしているうちに、ヴェイルが情熱やロマンスにはまったく興味がないことがわかった。

彼が求めていたのは確実な取り引きであり、幸い彼女も同じだった。二人はお互いを理解し、助け合う――ただそれだけの結婚だった。

フランチェスカは最後にもう一度、鏡の中の自分を見て、深く息を吸い、ゆっくりと吐き出した。それから、最高に甘く、無邪気なほほ笑みを浮かべた。すべての招待客に見せるための。

撮影は禁止。式を見られるのは慎重に選ばれた招待客だけだ。もちろん、フランチェスカは写真を撮られてもかまわなかった。ヴェイルのたっての希望で、フランチェスカは従順な婚約者として同意したのだ。彼女は心の底では盛大で陽気なパーティを望んでいた。自由を勝ち取ったあかしの祝宴なのだから。

けれど、そんな思いはおくびにも出さなかった。

それに、父親が普段、権力を振りかざしてあらゆるメディアに圧力をかけてフランチェスカを追いかけさせ、完璧な相続人としての彼女の評判を高めさせてきたことを思えば、この比較的こぢんまりとした結婚式はいい息抜きだった。

フランチェスカには天使のような魅力に加え、カリスマ性もある。彼女は大学に進学してその知性を証明したので、父親が彼女を裏口入学させたという噂は一笑に付された。服装はいつも控えめで、笑みを絶やさない。けっして口論はせず、周囲にいるすべての人たちに、自分の話に耳を傾けてもらえていると感じさせた。

また、フランチェスカは人を自分の思いどおりに操る術を心得ていて、相手によって別人のように振る舞うこともできた。

今、それらの才能や努力が報われるときが来たのだ。

フランチェスカはエントランスを見下ろすアーチ型の窓に向かった。外は日差しが強く、暖かい。客たちが列をなして海辺の小さな礼拝堂に向かうのが見える。彼女が晴れて自由になれるときが刻々と近づいていた。

そのとき、フランチェスカはスカーフで顔を隠している女性を認めた。その女性の半ば隠れた横顔に見覚えがあったが、距離がかなりあるので識別するのを諦めかけたとき、その女性が顔を上げてあたりを見まわした。そのとたん、フランチェスカの脳裏に何枚もの写真が浮かんだ。

普通の客ではない。カルリッツ・デ・ラス・ソセガダス王女だ。彼女の名は招待客リストに載っていなかった。

フランチェスカはパニックに陥りかけ、胸がぎゅっと締めつけられるのを感じた。ヴェイルの元恋人がたとえ王女であろうと、この結婚式を邪魔することはできない。フランチェスカは窓から離れた。ここは大げさに騒ぎたててはならない。

彼女はアシスタントにかけようと携帯電話に手を伸ばした。しかしそのとき、部屋のドアが開く音がしたので、その手を止めた。気持ちを落ち着かせるために式の前はしばらく一人でいたいと強く言っていたので、それに耳を貸さずにやってくるような人物は一人しかいなかった。父親だ。彼は娘とヴェイルとの結婚は、自分のために自分が決めたものだといまだに信じていた。

フランチェスカは歯を食いしばり、これが最後だと自分に言い聞かせながら、隷属の笑みを浮かべて彼のほうに向き直った。ノックもせずに入ってきた父親を追い払うために。

だが、驚いたことに、父親ではなかった。顔こそ見知っていたが、実際に会うのはこれが初めてだった。この男性なら、雑誌やインターネットのゴシップサイトで何度も見たことがあり、また、周囲の人たちから話を聞いていた。ただし、ヴェイルがこの奔放で気性の荒い異母弟――アリスティド・ボナパルトに言及することはほとんどなかった。

二人はとてもよく似ていた。太い黒髪、広い肩幅、驚くほどハンサムな顔だち、ブロンズ色の肌。目を除けば、双子と言ってもいいくらいだ。ヴェイルの目は青いが、目の前の男性は茶色だった。

そして、その笑顔。ヴェイルがもし持っていたとしても、うまく隠している野性味と危険性が、この男性の笑みには如実に表れていた。

「やあ(チャオ)」アリスティドはそう言って、慎重にドアを閉めた。

彼は完璧なタキシードを着ていて、新郎ヴェイルの服装と大差ない。けれど、ヴェイルがどの角度から見ても完璧に見えるのに対し、アリスティドはなぜか、いかにも傲慢そうなオーラをさりげなく放っている。黒い髪は、少し前まで女性の指に梳(す)かれていたことをうかがわせた。

どこをとっても、周囲のことなど気にも留めない男という印象だ。アリスティドの世界はすべてが彼を中心にまわっているに違いない。

フランチェスカはめまいを催し、結婚式を台なしにするかもしれない王女のことをしばし忘れた。

「こんにちは」彼女は慎重に応じた。彼が何も言わないので、ほほ笑んで続ける。「あなたはアリスティドね、ヴァレンティノの弟の？」

「ああ。彼は僕の異母兄だ」

それ以上は何も言わない。フランチェスカはいらだちを押し殺した。彼女がしようとしていたことを邪魔されたからだ。フランチェスカは王女が現れたことに、誰よりも早く対処する必要があった。それでも彼女はほほ笑みを絶やさず、これを会議と見なすことにした。ほほ笑む。握手する。質問する。興味があるふりをして、彼がここに来た理由を突き止める。

彼女は手を差し出した。「私はフランチェスカ。お会いできてよかったわ」

アリスティドは彼女の手を取ったが、握りはしなかった。彼女がはめた指輪がきらめくのを見るかのように、右に左にとまわしたあとで。その動き、触れ合い、その手の大きさに、どういうわけか彼女は言葉を継ぐことができなかった。

彼はゆっくりと、フランチェスカの手から目へと視線を移した。

目が合った瞬間、ヴェイルの目には認めたことのない、ユーモアを含んだ深い闇の渦に、フランチェスカは衝撃を受けた。

「きみが誰かはよく知っているよ、いとしい人(カーラ)」

彼のほほ笑みは、ある種の致命的な打撃のように感じられた。息苦しくなるほどに。フランチェスカにはその理由がまったくわからなかった。

もっとも、彼女はそのような状態に慣れていた。だから笑顔のまま、アリスティドがなんの用でここに来たのか説明するのを辛抱強く待った。心臓が早鐘を打ちだすのを感じながら。

「あいにく、予定が変更になった」その声は低く、巧妙な脅迫のようだった。

それでも、フランチェスカは優しげな微笑を絶やさず、リラックスした姿勢を保っていた。彼女は自分の役割を演じる達人だった。パニックが血流に乗って全身を駆け巡り始めたときでさえ。

「どういうことかしら?」フランチェスカは尋ねた。まるで彼の言うことに興味があるかのように。

誰も私の計画を変えることはできない。一人として。彼女は空いているほうの手を握りしめたくなったが、なんとかこらえた。

「きみは兄ではなく、僕と結婚するんだ」

フランチェスカは、自分はどんな衝撃にも耐えられる女だと自負していた。これまでも多くの衝撃や打撃に耐えてきた。仮面をかぶり続けて。ところが、今回に限り、仮面をつけるどころか、ぽかんと口を開けていた。「ごめんなさい、今なんて?」

「きみはヴェイルのお眼鏡にかなった最高の女性だ。だからこそ、僕はきみを自分のものにしたいんだ」

「ばかばかしい」フランチェスカはあきれて首を振り、彼から一歩、また一歩と離れた。「これは何かの余興かしら? 結婚式の日にそんな悪ふざけを仕掛けるなんて、どうかしてるわ」それでなくても、私はあの王女に対処しなければならないのに。

アリスティドは肩をすくめた。「余興でも悪ふざけでもない。もちろん、僕は放蕩者として知られている。だが、フランチェスカ、きみは僕の花嫁になる。すぐに出発し、今日のうちに結婚しよう」

　フランチェスカは声を出して笑った。いつもの奥ゆかしい笑い方ではない。彼女は大きく息を吸い、脱出まであと少しだと自分に言い聞かせた。もう邪魔はさせない。「これがなんなのかはわからないけれど、もうすぐ結婚式が始まるの。私は自分の立てた計画や約束を遂行するだけ」彼女はほほ笑み、つけ加えた。「さようなら」

　しかし、彼は泰然としていた。動揺した様子はみじんもない。その視線は、自分の所有物の価値を見定めるかのように、彼女の全身を追っていた。

「きみは僕を見くびっている。きみは僕と一緒に来て挙式するか、僕がほかの方法でヴァレンティノとの結婚を阻止するか、そのどちらかしかないんだ。小さな天使（アンジョレッタ）、いずれにせよ、これは大惨事になる。さあ、行こうか？」

　アリスティド・ボナパルトは、この結婚がどうなるか、いくつかの予想を立てていた。もちろん、最もありそうな反応はドラマティックなものだろう。だが、異母兄の婚約者であるフランチェスカ・カンポを花嫁にすると決めてから四十八時間の間に、彼がフランチェスカについて知ったことのすべては、彼女がドラマティックなことをしない女性だということだった。

　フランチェスカはタブロイド紙のちょっとした人気者だった。彼女の父親は、きらびやかなイベントや豪華なディナーに娘を連れまわし、完璧な女相続人のイメージをつくりあげた。善良で、温かみがあり、優しい心の持ち主というイメージを。どんな男も彼女を手に入れれば有頂天になるだろう。偉大で高潔なヴァレンティノ・ボナパルトが彼女を射止めるのは最も理にかなっていた。

　一方、アリスティドはプレイボーイとして知られ、自分の快楽以外には何にも、誰にも、関心を寄せなかった。したがって、二人の結婚を祝福する者はいなかった。

少なくとも、最初のうちは。

アリスティドは、自分もフランチェスカもマスコミが言うほど悪人でも善人でもないと思っていた。彼の計画のすばらしいところは、そんなのは問題にならないことだった。ヴェイルがこの女性を花嫁に選んだという事実は、公の場ではアリスティドにとって必要なものすべてを持っていることを物語っていた。たとえ彼女がプライベートでは理想の女性とはほど遠いとしても。

〝おまえの兄が築きあげたような評判を、おまえはけっして手に入れることができない〟

アリスティドは、忌むべき父親がメッセンジャーで送ってきた言葉を思い出し、嘲笑したくなった。

彼は、父親から、いや、誰からも期待されていないことを気にしたことはなかった。

それに、誰もが不可能だと断じているイメージチェンジをやってのけるのは、アリスティドにとってはちょっとした楽しい挑戦になるに違いない。

男たるもの、挑戦を通して楽しみを見つけなければならない。彼は常にそうしてきた。

今、フランチェスカは彼から離れるのをやめ、首を振るのもやめた。目を見開いて彼を見つめている。

彼女はとても美しかった。この世のものとは思えないほどに。しかし、アリスティドはそれがほかの者たちが言うような内面からにじみ出る美しさだとは思わなかった。彼女はよりよい世界から来た聖人ではないし、天使でもない。

フランチェスカの黒い瞳の奥には、あまりにも多くの計算があった。彼女は携帯電話に手を伸ばしもせず、逃げもしなかった。ただそこに堂々と立っていた。そして、思案していた――叫ぶ代わりに。

「あなたのお兄さんと私の結婚式をどうやって台なしにするつもり？」

その質問が台なしにする理由でなかったのは興味深い。だが、そんなことはどうでもいい。「選択肢はたくさんあるが、いちばんいいのは、司祭が群衆にお決まりの異議申し立ての機会を与えるのを待つことだと思う。その瞬間を選んで、僕とベッドを共にしているのに、兄と結婚するのは許せないと主張する」

再びフランチェスカは口をぽかんと開けた。「ばかばかしい。そんな嘘をヴェイルが信じるわけがない。私はあなたに会ったこともないのに！」

フランチェスカ・カンポが兄のことをよく知らないのは明らかだ。「ヴァレンティノが僕の言うことを信じるのに、必ずしも真実である必要はない。兄がきみに対して何を感じていようと、彼は僕の最悪の部分を信じようとするからだ——常に。だから、僕と一緒に来たほうがきみのためになる」アリスティドは腕を差し出した。彼は完璧な計画を立てていたが、彼女を車に乗せるまでは、そのことについて長々と話す時間はなかった。

「一緒に行ってほしいのね？」フランチェスカは穏やかな口調で言った。そして、両手を胸の前で握り合わせた。「お兄さんの代わりに、すぐに結婚してくれる？」

「ああ」

「あなたもこの島に住んでいるんでしょう？」

アリスティドは顔をしかめそうになった。「そうだ」島の大半は兄と弟の間で二分割されていて、兄の領地は島の反対側、つまり条件のよい側にある。

普段、二人が言葉を交わすのは、世界有数の富豪専用の〈ダイヤモンド・クラブ〉にいるときだけだ。彼は自嘲気味にほほ笑んだ。兄は、アリスティドが会員資格を手に入れたという事実をまだ受け入れていなかった。アリスティドは、ヴァレンティノがクラブにいることを知ると、進んで顔を出した。嫌味の一つも言うために。

「結婚したら、ここに住むの？」未来の花嫁が澄んだ瞳と思わせぶりな表情で尋ねた。

「そうなるな。僕の家はヴァレンティノの霊廟もどきの家よりずっと快適だ」彼はフランチェスカにほほ笑みかけたが、笑みは返ってこなかった。

「あなたのプレイボーイぶりは有名なのに、なぜ結婚したいと思ったの？」

「歳月の流れが僕を変えたんだ」アリスティドは嘘をついた。「更生して、新たな人生を歩み始めたかったんだ。そのためには完璧な妻を得ることほどいいスタートはないだろう？」この女性は聡明だと言われているが、もし彼女が今の僕の話を信じているのなら、人々の見方は間違っていることになる。

フランチェスカの表情に変化はなかった。「確かに、花嫁を盗むのは、人格を変えるためのすばらしいきっかけになるでしょうね」

その口ぶりはそっけなく、アリスティドは真意を測りかね、笑いたくなった。「なんと、カーラ、その洗練された外見の下に、これほど個性のきらめきを秘めていたとは。すばらしい」

フランチェスカは冷ややかな目で彼をにらみつけた。「契約はどうするの？」

彼女が、メディアや兄が思い描いているような世間知らずのうぶな女ではないと知り、アリスティドはうれしくなった。「きみが兄と交わすはずだった契約書とほとんど同じものを用意した」

「私たちが作成した契約書にどうやってアクセスしたの？」

アリスティドは肩をすくめた。「〝卑劣〟というのは、僕にとっては〝当然〟と同義だ」

フランチェスカはため息をついた。「それで、私たちは、これからどこかへ行き、結婚するのね？」

彼女は黒い目でアリスティドをじっと見つめた。まるで複雑な数学の方程式でも見るように。その視線は彼を狼狽させ、これもまた彼の予想を覆した。とはいえ、こうした展開はアリスティドが得意とするところだった。「すぐに」彼は答えた。

アリスティドはなんらかの反応を覚悟した。涙、怒り、恐怖……。だが、フランチェスカは女王さながらに顎でうなずいただけだった。

「いいでしょう」

彼は眉をひそめた。「そんなに簡単に？」

「いずれにせよ、あなたはこの結婚式を台なしにすると脅した」

なぜか彼女は後ろを振り返り、窓の外を見た。招待客が続々とやってくるのが見える。それから視線を彼に戻した。

「あなたがどんな人かは充分に知っているから、これをやり遂げるだけの手段を持っているのはわかっている。だけど、脅しに屈するのは賢明な行動かしら？」

フランチェスカは誰もが想像していたような女性ではなかった。あまりに魅力的だ。「だが、きみはこの結婚式が台なしになるのを防ごうともしなかった」

彼女は何も言わず、化粧台に向かい、携帯電話と純白のウエディングドレスに合う小さなハンドバッグを手に取った。その視線は、自分の手に負えない状態に陥っていくかのような不安を、アリスティドにもたらした。

フランチェスカは顎を上げた。「私は今日結婚すると決めているの。あなたはヴェイルに負けないくらいのお金を持っているし、この島に同じだけの土地を持っている。契約内容が同じなら、あなたたち二人は私にとっては交換可能な存在なの。私は花婿を必要としている。スキャンダルはいらない」

アリスティドは顔をしかめた。彼女が従順であることは都合がよかったが、完璧で高潔なヴァレンティノが、花婿は交換可能だと吹聴する女と結婚しようとしていることに困惑を覚えた。

「断言するが、僕と兄に同じところは一つもない」

フランチェスカは相手の胸中を見透かすように、彼をじっと見た。「反論する気はないわ」

「すばらしい。僕は反論しない妻が好きなんだ」

彼女の表情はさらに穏やかで優しく、無邪気になった。「もちろん、そうでしょうね」

フランチェスカは彼の思い描いていたような女性ではなかった。だが、そんなことはどうでもよかった。

僕は欲しいものを手に入れる。ただそれだけだ。

2

アリスティドはヴェイル邸から彼女をこっそり連れ出したわけではなかった。彼は、人と出くわすことのない長く複雑な廊下をどう進めばいいか、熟知しているようだった。そして、使用人が使う通用口のようなところから外に出て、結婚式が行われる礼拝堂とは反対側の方向へと歩きだした。午後の明るい日差しがさんさんと降り注いでいる。

フランチェスカは自分に選択肢があることをよく知っていた。ヴェイルを捜しに走ることもできたし、携帯電話を使って助けを呼ぶこともできた。もしかしたら、兄弟が彼女を巡って争うことになり、ちょっとしたスキャンダルになったかもしれないが、彼女は今日中にヴェイルと結婚式を挙げることができると信じていた。

もしかしたら、王女が現れなければ、フランチェスカはそうしていたかもしれない。

王女は、フランチェスカとヴェイルの関係を脅かす唯一の脅威に思えた。今日だけでなく、二人の結婚生活全体を揺るがす脅威に。

せっかく手に入れた自由になるチャンスを、カルリッツ王女が踏みにじる恐れがあった。だからフランチェスカは、なんとしても自分の望みを叶えるために、このとんでもない行動に走ったのだ。結果がすべてであって、どうやってそこにたどり着くかはどうでもよかった。

アリスティドは次々と恋人を変え、その交際期間は長くはない。スキャンダルに見舞われる可能性は高いが、父の支配から逃れていられるなら、夫のスキャンダルくらい問題なく乗りきれるはずだ。

人はときに、自分が生き残れるかどうかの瀬戸際で毒を選ばなければならない場合もある。

アリスティドは彼女を洗練されたスポーツカーに案内し、助手席のドアを開けた。フランチェスカはためらうことなくシートに滑りこみ、身なりを整え、優雅なドレスのスカートをなめらかにした。アリスティドが運転席に乗りこみ、曲がりくねった私道を走りだすと、彼女は尋ねた。

「結婚式には招待客も来るの?」

二人は、警備員らしきスーツ姿の男が車を止めようと手を振るのに気づかないふりをした。

「いや。僕たちの結婚式は、当然ながら、そんな悠長なことはやっていられない」

フランチェスカは嘲りたかったが、あくまでも穏やかな表情を保った。契約書にサインするまでは、慎重に行動しなければならない。アリスティドはヴェイルほど抑制された人間ではなかった。たとえ当人はイメージチェンジを望んでいたとしても、気まぐれで野性的であることで知られていた。

　アリスティドはまるで地獄の番犬に追いかけられているかのようにアクセルを踏みこみ、猛スピードでカーブを曲がっていった。フランチェスカは何かつかめるものはないかと車内を見まわしたが、結局、ドアに身をあずけ、事故で死なないよう祈るしかなかった。

　それでも、フランチェスカはまた笑いたくなった。なんて目まぐるしく無謀な旅だろう。なのに、自由を謳歌(おうか)しているように感じるのはなぜかしら？

　こんなことは何一つ彼女の計画にはなかった。もっとも、これまで計画どおりに事が運んだためしはなかった。でも、とフランチェスカは思った。今回はきっとうまくいく。

　アリスティドはヴェイルとは正反対の悪評の持ち主だったが、それでもフランチェスカの父親にとっては充分な脅威だった。そして契約書のこともある。

「あなたは契約書に違法にアクセスした際、内容に目を通したの？」目もくらむような速さで通り過ぎていく景色を眺めながら、フランチェスカは尋ねた。

　ほんの一瞬アリスティドの視線は彼女に注がれ、それから道路に戻った。「当然だ」

「だったら、私と結婚したら、何を要求されるかわかっているのね？」

「きみの父親からの保護だろう？　空間的にも金銭的にも。実に興味深いな、小さな天使(アンジョレッタ)」

　幼い時分から、メディアは彼女のことをそう呼んでいた。フランチェスカは顔をしかめたくなったが、なんとかこらえた。「その愛称は嫌いよ」

「だが、みんな、そう呼びたがる」

「それなら、あなたのことは小悪魔(ピッコロ・ディアボロ)と呼ぶべきかしら？」フランチェスカはすぐに言い返したものの、内心でほぞを噛(か)んだ。契約書のインクが乾くまではよけいな争いは極力、避けなくては。

「悪魔と呼ばれるのは少しも苦にならないが、それがなんであれ、〝小さい〟と呼ばれることには抵抗がある」

アリスティドの笑顔は自己満足的で、今にも伝染しそうだった。確かにユーモラスな返答だったが、車がものすごいスピードで坂道を登り始めたので、胃がひっくり返り、フランチェスカは笑うどころではなかった。

彼女はアリスティドが契約上の責任についてどう考えているかに集中する必要があった。そして、彼と賢く交渉する術(すべ)を見つけなくてはならない。彼との逃避行は自由を得るための簡便な行動だったかもしれないが、結婚証明書に署名して当局に提出するまでは、危険な賭けだった。

二人が乗った車は島の海岸線を走っていた。

フランチェスカはヴェイルの家族については、彼が話した以上のことは気にも留めていなかった。彼はアリスティドについても、ほとんど話さなかった。彼女もまた、話すよう求めたことはなかった。とりわけ、ヴェイルと彼の忌まわしい父親と三人でお茶をしたあとは。

ボナパルト家の悲喜劇にはできるだけ関わらないほうがいいように思えた。下手に首を突っこんだら、返り血を浴びそうな気がしたからだ。

もちろん、ヴェイルとアリスティドの仲が険悪なことは知っていたし、ヴェイルはアリスティドを厄介者だと思っていることも知っていた。そして、ヴェイルは、島のもう半分――彼に言わせれば自分の正当な相続財産である土地を占有している異母弟を敵視していた。

つかの間、フランチェスカはヴェイルを置き去りにした罪悪感に襲われた。彼の敵に対してもっと強く出るべきだったのかもしれない。

しかし結局のところ、ヴェイルは裕福で力のある男だった。フランチェスカを失っても耐えられるし、間違いなく彼を慕っている王女がいた。

一方、フランチェスカは自由になるチャンスが失われることに耐えられなかった。

「結婚する前に契約書に目を通す必要があるわ」フランチェスカは言った。「ヴェイルと交わした契約書の内容と同じであることを確認するために」

「当然だ。だが、何も変える必要はないと断言できる。完璧で、評判のよい花嫁——それが僕の求めるすべてだ。きみのお父さんに金は払うが、この島には絶対に入れないようにする」

フランチェスカはゆっくりと息を吐いた。それだけで充分だ。それさえ守ってくれれば、あとはどうでもいい。けれど、アリスティドがその見返りとして自分の名誉回復を見込んでいるとしたら……。

「兄の花嫁を盗むことで、あなたが成人してから悪化し続けた評判がさらに悪くなるかもしれない。それでもいいの？」

「アンジョレッタ、ヴェイルを捨ててまで僕と結婚するほどきみが僕に恋をしていると知ったら、世間の見方も変わるんじゃないのか？」

「ああ、私たちは熱烈な恋に落ちたふりをしなければならないのね」幸いと言うべきかどうか、フランチェスカにはそれができた。ただ不思議なのは、その偽装が背負い慣れたものではなく、新たな重荷を背負ったように感じられることだった。

「花婿の素性がさして重要でないなら、きみはどうしたい？　何を求めているんだ？」

「私はそれが重要でないとは言っていない。ただ、あなたみたいな男性が一夫一婦制を信奉しているとは思えないので、あなたがこんな計画を立てた背景を知りたいだけ。それとも、心の底では愛を信じているとか？」

「いや、愛など信じていない。だが、自分の花婿の素性など重要でないと考えている女性が、愛を信じているとも思えない」

「ええ、そのとおりよ。信じていない」愛は、それを買う余裕のある人のためのおとぎ話にすぎない。たとえば王女のような。おそらく何年も安定した生活を送っていれば、私も愛を求めるようになるかもしれないけれど、今は……逃げるしかない。

「だったら、僕たちはお互いに必要なものを与え合えばいい」

「それで、私が何を必要としていると、あなたは思っているの？」

「契約書に関心を示し、花婿の素性には無関心なところから察するに、きみは現状からの逃亡を望んでいるように思う。おそらくは、きみは自由を望んでいる。幸い、きみがどんな方法でもかまわないから、きみは自由を手に入れても、僕にはなんの損害もない」


フランチェスカは乱暴な運転を続ける彼の横顔を凝視しながら尋ねた。「じゃあ、あなたには何が必要なの？」

「ざっくばらんに言えば、僕の評判を立て直すための土台だ。聖なる妻はすばらしい土台になる」

なんと憂鬱な返答だろう。フランチェスカは内心でため息をついた。他人の土台になることにとても疲れていたからだ。けれど、彼の横顔の向こうに、大きな、広大な、城としか言いようのない建物が見えてくると、私は何に巻きこまれてしまったのだろうという重苦しい靄は晴れた。

「ようこそ、アンジョレッタ」アリスティドはつぶやいた。

邸内の光景に、フランチェスカは興奮を覚えた。ヴェイル邸が、アリスティドが言っていたほど重苦しいとは感じなかった。ヴェイルの邸宅は、荘厳で古風で、整然とした美しさがある。煉瓦の一枚一枚に敬意が込められている気がした。

ひるがえって、ここアリスティド邸は螺旋と色彩に満ち、混沌という言葉がぴったりだった。秩序がないせいか、背景の海はなぜかドラマティックだ。海にいつのみこまれてもおかしくないような、そしてこれらすべてが押し流されてしまうような印象があり、フランチェスカは背筋がぞくぞくした。

「傑作だろう?」アリスティドは謙遜することなく言った。「さあ、入ってくれ。永遠に愛し合うことを誓おう」

夕暮れとキャンドルの明かりに照らされたフランチェスカの美しさは格別だった。小さなチャペルのような部屋で、彼と向かい合って立つ彼女は、天使さながらだった。宗教的な雰囲気はないが、罰や地獄の脅威とは無縁の面的な美しさを、アリスティドは気に入っていた。

彼は、そのときどきの気分に任せてこの家を少しずつ築いていった。だから、ここには彼の好きなもの——彼が囲まれていたいと思うものだけしかなかった。他人が何を望んでいるかを気にかけると、ろくなことにならないと、アリスティドは早くから学んでいた。

それゆえ、彼は自分の欲望に溺れ、ボナパルトという家名に縛られて窮屈に暮らしていた兄よりもずっと幸せな人生を送っていた。

おそらく僕は、ヴェイルが嫌うとわかっているものをわざと選んだのだろう。たとえば、高くねじれた尖塔の上でうねる、裸の人魚を模した風見鶏とか。ヴェイルなら、それを下品で恥ずかしく、ボナパルトの名に泥を塗ると考えるだろう。

この家に着いたとき、フランチェスカは僕が期待していたような反応を示さなかった。彼女は兄の花嫁になる予定だったのだから、兄の家とは対照的な混沌とした内装に嫌悪感を示すものと思っていた。ところが、彼女は畏敬の念を抱いて風見鶏を見上げていた。自分が見たものを楽しんでいるかのように。おとぎ話の世界に迷いこんだかのように。

それがうれしかった。アリスティドは彼女がすべてを受け入れるさまを楽しんでいた。その美しい顔が笑みで和らぎ、黒い瞳に命がきらめくのを見るのが楽しかった。

フランチェスカが、僕のとったばかげた行動に喜びを見いだせるなら、何年も退屈な日々を送ることにはならないだろう、とアリスティドは思った。

そのあと、フランチェスカは結婚契約書に目を通した。隅々まで、しかも三回。そして役員室にでもいるような気分で次から次へと質問を浴びせた。彼の頭がくらくらするまで。

そのとき、アリスティドは彼女の潔癖さの裏に隠されたものを見た。この結婚で彼女が望むものを確実に手に入れようとする決意。とても計算高く、厳格だ。確かに、完璧な天使が少し金銭に執着しているように見えるのは……魅力的だった。

今、司祭が愛と義務について長々と話す中、柔らかな光と純白のウエディングドレスに包まれたフランチェスカもまた魅力的だ。どうやら僕の花嫁には、彼女の指にはまっている大粒のダイヤモンドと同じくらい、多面的な魅力がありそうだ。

問題は、彼のフランチェスカが、世間が思っているような女性ではなかったとしても、間違いなくバージンだということだ。妻であろうとなかろうと、アリスティドは世間知らずの無垢な女性を食い物にするつもりはなかった。

彼は、誰であれ、自分が何に巻きこまれているのかを正確に知っていてほしいと願っていた。フランチェスカにも、自分も含め、誰にも越えさせない慎重な一線を築いてほしかった。

もちろん、自分の評判を回復させるためには、自ら行動しなければならない。不貞の気配さえあってはならない。兄から学んだことがあるとすれば、男は情熱や気まぐれに身を委ねる必要はないということだ。美しく魅惑的な女性——アリスティドが気に入った唯一の女性との間に何が起きたかは、世間が判断するだろう。

だから、アリスティドは自分の評判を維持するために、ある種の禁欲生活を送るしかなかった。残念ながら。

おそらく、この点については充分に考えていなかったのだろう。彼は、自分にどんな影響が及ぼうと、行動するのを恐れない男だった。ヴェイルはかつて、アリスティドのことをいつも反射的に行動を起こすと非難していたが、兄は正しかったのだ。

アリスティドは悪いことは何もしていないと思っていた。これは僕の行動の結果であり、僕はそれを回避する方法を見つけるだろう。いずれは。

「はい、誓います」

フランチェスカが厳かに言い、彼の意識を現在に引き戻した。司祭からあらかじめ教わっていた言葉を、フランチェスカが朗読するのを聞く。そして、彼自身も誓いの言葉を述べた。

司祭が二人の証人——アリスティドのアシスタントと運転手の前で、結婚の成立を宣言すると、アリスティドの胸に、やるべきことをやり遂げたという満足感がこみ上げた。

兄の花嫁を奪ったのだ。

大成功！

「花嫁にキスを、シニョール・ボナパルト」

アリスティドはこれまで何人もの女性とキスをしてきたが、妻にキスをするのは初めてだった。しかし、少しも違和感を覚えなかった。

フランチェスカは顎を上げ、その落ち着いた暗いまなざしを彼に注いだ。彼女はヴェイル邸で一瞬驚いただけで、すべてを平然と受け入れている。アリスティドは、うまく装っている偽りの表情ではなく、本音が顔に表れるところを見たいと思った。

アリスティドはフランチェスカにどう接すればいいのかわからなかったが、女性にどう接すればいいかはよく知っていた。彼は手を伸ばし、親指と人差し指で彼女の顎をつまんで持ち上げて、それから残りの指で細い首を羽根のように軽く撫(な)でた。

フランチェスカは息を切らし、目を見開いて、アリスティドを見つめた。彼女の表情は以前に見た気取ったものでも、優しげで臆病な仮面でもない。あるいは、バージンであることのあかしでもない。まったく別の反応を示していた。

ヴェイル邸で最初に抱いた不安が再び頭をもたげ、アリスティドの心の奥底でとぐろを巻いた。彼女は僕が予想していた以上に手ごわい存在なのかもしれない……。

そして、フランチェスカが控えめで甘いほほ笑みを浮かべたとき、彼女は大きな問題になるとアリスティドは直感した。

だが、その前にキスだ。これまでの人生でよくあったように、アリスティドは何かをひっくり返したい衝動に駆られた。この場合は、彼女の穏やかで無表情な顔だ。

彼はいっさい手を出さないつもりでいた。これは名ばかりの結婚であり、一線は越えない、と。

アリスティドは彼女の顎をつまんだまま口を寄せていったが、途中で動きを止め、その美しい顔の細部に目を凝らした。

貴族のような鼻、天使のようなハート形の顔。大きな目の内側の縁には小さなヘーゼル色の輪があり、左目には金色がかすかにまじっている。

アリスティドは待った。彼女の息が止まるのを感じるまで。そして、最後のわずかの距離をつめ、唇を重ねた。

彼女の唇の柔らかさ、控えめな体の反応。島を覆う野生の夾竹桃(きょうちくとう)の匂い。

その瞬間、アリスティドはまるでフランチェスカがこの島にもともと属していたかのような錯覚にとらわれた。彼の呪われた一族だけが属しているはずのこの島に。

その感覚に、彼は腹に電撃を見舞われたようなショックを受けた。自ら彼女との結婚を打ち砕こうとしているかのような。悪魔から天使への、天使から悪魔への電撃。

何がなんだかわからないまま、アリスティドはあとずさりした。彼は以前にも、自分の好みのタイプとは違う女性とキスをしたことがあるし、逆に相性がぴったりの女性と情熱的なキスをしたこともある。しかし、これまでのどのキスからもフランチェスカとのキスのような衝撃を覚えたためしはなかった。単純なキスに不穏な予感を覚えたためしも。

フランチェスカは彼を見上げたが、アリスティドは彼女の仮面の下にある素顔を読み取ることはできなかった。

アリスティドは、今回の計画についてたやすいものだと高をくくっていた。ヴァレンティノの退屈な聖なる花嫁を盗むだけの話だと。もっとも、兄の玩具(おもちゃ)を計画どおりに盗めたことは一度もなかった。なのに、僕はなぜ、今回に限ってたやすいなどと思ったのだろう？

アリスティドはフランチェスカの顎を下げ、彼女と同じ当たり障りのない笑みを浮かべた。そして、司祭の合図のもと、彼女の腕を取り、部屋の外へと連れ出した。

「さあ、スイートルームに案内しよう。ヴァレンティノと決着がつきしだい、きみの荷物をこちらに運ばせる。それまでの間、必要なものはなんでも用意するから、遠慮せずに言ってくれ」

フランチェスカはため息をついた。「私はヴェイルに対して罪悪感を抱くべきなのでしょうね」

「だが、抱いていない？」

「ええ、ヴェイルは乗り越えるから」フランチェスカは確信を込めて言った。「私もね」

「なんともドラマティックだな、アンジョレッタ」

彼女はそれには反応しなかった。アリスティドのあとを追って、ただ迷路のような廊下や螺旋階段を歩き続けた。

この家には建築学的な意味は何一つない。そこが気に入っていた。島は呪われているかもしれないが、ここはアリスティドの言わば解毒剤だった。

誰の目も気にすることなく、好きなように過ごせる。苦労して得た教訓を、彼は今、全力を挙げて形にしていた。

建物と同じように、隣にいる女性も、アリスティドが思っていたような意味を持たなかった。だが、まだ時間はある。僕はフランチェスカを理解するだろう。彼女とてほかの者たちと同じく人間だ。僕は理解し、すべてを僕の思いどおりにするだろう。

アリスティドは彼女をスイートルームに案内した。部屋は一応、彼の部屋とつながっているが、二人が離れて暮らすためのスペースは充分にある。

彼はスイートルームのリビングに通じるドアを開けた。「この先に、ベッドルームとバスルームがある。きみは……」

フランチェスカが話を聞いていないのは明らかだった。彼女は脇目も振らず、ビーチを見下ろすバルコニーに出るドアに向かった。そして、外に出て手すりをつかみ、打ち寄せる波を見下ろした。

彼女のあとを追い、アリスティドも穏やかな夜気の中に出た。すっかり暗くなっていたが、彼の兄の邸宅の明かりは常に明るい。そして、海を見つめるフランチェスカの目には、月と星のきらめきが映っていた。ふいに彼女の表情が和らぎ始め、ふっくらとした唇がゆっくりと笑みをかたどった。月そのものを凌駕しそうな、本物のまばゆい笑みを。

フランチェスカが振り返った。「シャンパンをいただける？　ケーキも。お祝いをしたい気分なの」

彼女そのものが祝祭のようだった。目は輝き、喜びのエネルギーがほとばしっている。

「見知らぬ男との結婚を祝うと？」

「私は二十四年間、父の支配下で暮らしてきて、ようやく自由になれた。これを祝わずに何を祝うの？　経緯はどうであれ、その代償がなんであれ、私は自由になれた。こんなにうれしいことはないわ」

「大人になって仕事を得れば、劇的な結婚をしなくても親の支配から逃れられるのに？」

フランチェスカは顔をこわばらせた。抑えきれない喜びが消えていく。「そんなことができるとは考えもしなかった」強く握りしめられた両手が、生気のない言葉に代わって彼女の真情を代弁した。「当然ながら、私は結婚が唯一の選択肢だと信じて育てられたの。だから、私はその選択をしただけ」

彼女はなんの感情も浮かんでいない目でアリスティドを見上げ、ほほ笑んだ。

だが、フランチェスカの言ったことは真実ではない、とアリスティドは見抜いた。彼女が自由を希求していることと、結婚契約の中に父親から彼女を守るという条項が入っていることから、容易に真実を察することができたからだ。

「おそらく僕たちは、こうした見せかけは棚上げにして、本当のことを話せるようになるだろう。結局のところ、僕たちは夫婦なのだから」アリスティドはにやりとして続けた。「僕たちは今、あらゆることを分かち合わなければならない」

3

すべては計画どおりよ、とフランチェスカは自分に言い聞かせた。花婿は違うが、自分が望んでいた自由を手に入れたのだから。たとえ新たな花婿が今、真実を語り合い、あらゆる物事を分かち合うことについて話したにしても。

ヴェイルと交わした契約ほど強固なものではないかもしれないが、フランチェスカには契約が――署名済みの契約書と結婚許可証があった。彼女は自由かつ安全だった。

真実などどうでもいい。これでよかったのだ。アリスティドが私の評判を利用して自分の評価を高めたいのなら、そうすればいい。ヴェイルの妻になるよりプレッシャーはずっと小さいし、あの美しく魅力的な王女と比較され続けることもない。

もちろん、しばらくは憶測や非難が飛び交うだろう。けれど、私はいつものように完璧に振る舞う必要はない。なぜなら、私は常にアリスティドよりは善人に見えるはずだから。

それに、真実の一部を省略したからといって、嘘をついたことにはならない。単なる自己防衛だ。

「私がヴェイルと過ごしたときの経験から察するに、あなた方の父親はかなりひどい人みたいね。だったら、金持ちの権力者が娘をいかに自分の思いどおりにしようとするか、想像できるでしょう？ 仕事？ ベルティーニ・カンポが乗りこんできて、会社が地獄に突き落とされると知りながら、彼の娘を雇う経営者がいると思う？ だったら、逃げるべきだったかもしれない。でも、どうやって？ 家の金庫からお金を盗んで？ そんなことをしたら、すぐに足がつく。父はもちろん、マスコミも私の行方を簡単に突き止めるでしょう。どうか信じて。私はあらゆる手段で逃げようと試みたの。でも、ことごとく失敗した。残された手段は、結婚しかなかった」

「きみのお父さんは、この事態に怒り狂うんじゃないか？」

「あなただってボナパルトでしょう？」彼女はほほ笑んだ。「契約内容も同じ。父が望んだものはすべて手に入るから文句はないはずよ。これで父を遠ざけていられる」そう信じたかった。「この〝放蕩（ほうとう）の城〟にもお酒とお菓子はあるんでしょう？　私は祝杯をあげたいの」

フランチェスカは酔いたかった。ケーキを丸ごと食べたかった。どちらも許されなかったことだ。

「僕は別の放蕩のほうが好きなんだ、小さな天使（アンジョレッタ）」

フランチェスカはバージンだが、成長する過程で性的な話を耳にする機会は多かった。だから、アリスティドが何を言っているのかよくわかった。そして、それは彼女の身に奇妙なぬくもりをもたらした。いつもの吐き気ではなく。彼女の父親は、油断ならない友人たちが不適切なことを言ったり、いやらしい目で娘を見たりするのを気にしなかった。むしろ奨励していたほどだ。

実際に手を出さない限りは。

彼女の貴重な純潔は、より多くのものを手に入れるためのセールスポイントだった。

プレイボーイとして知られるアリスティドが、彼なりのさらなる展開を期待しているのは間違いない。フランチェスカは花婿の交替に関して、そのことは考えていなかった。

彼女としては、うまくやり過ごすしかなかった。

「ヴェイルと私は、物事を共有することに関しては同意していたの」フランチェスカは力強く言った。

アリスティドは貴族的な黒い眉をひそめた。「僕の兄とベッドを共にするつもりだったのか？　ぜひ答えを聞きたいものだ」彼は冷ややかに言った。

「あなたの皮肉は、あなたが自分で思うほどの武器にはならないようね」

「きみの評判も、きみが思っているほどのものではない」

「あなたは自分の評判を上げるために私を盗んだのでしょう？」

「確かに。だが、〝盗む〟というのはちょっと大げさじゃないか？」

アリスティドは手を上げ、部屋の奥へと消えた。彼女に考える時間を与えるかのように。

彼がシャンパンのボトルが入ったアイスバケツと二つのフルートグラスを持って戻ってくるまで、ものの一分とかからなかった。それらを隅の小さなテーブルの上に置くと、ボトルの栓を開ける作業に取りかかった。彼の一連のドラマティックな動きは、コルクが飛ぶ軽い破裂音で締めくくられた。

その音に、フランチェスカは飛び上がった。リラックスするよう自分に言い聞かせる。私は子供時代の地獄から抜け出したのよ。ここは天国ではないかもしれないけれど、父の家よりはずっといい。

アリスティドはシャンパンを二つのグラスについだ。フランチェスカは自分一人で祝杯を挙げるつもりだったが、彼からグラスを受け取った。本当は彼にどこかへ行ってほしいが、何も言わずにおいた。

彼がグラスを掲げた。「この、僕たちの双方に利益をもたらす関係に」

〝双方に利益をもたらす関係〟であることが何よりも重要だと思いながら、フランチェスカはグラスを合わせた。それからシャンパンを一口あおった。祝賀の泡で自分の中にある渦巻く不安が和らぐよう祈りながら。

自由になれてとても幸せだ……。それだけで充分だとフランチェスカは思っていたのに、向かいに立つ男性が事態を複雑にしていた。

アリスティドは彼女よりゆっくりとしたペースでシャンパンを飲みながら、暗い目で彼女を観察していた。ようやく彼が口を開いたとき、その口調はこれまでになく真剣味を帯びていた。

「フランチェスカ、ここにカメラマンはいない。僕と取り引きをするビジネスマンも、僕の噂話を広めるゴシップ屋もいない。スタッフは僕に忠実で、ここにいることの価値が、どんなゴシップの売り込みよりも大きいことを知っている。つまり、この家にいるのは、きみと僕の二人だけだと言っていい」

それが真実であってほしいとフランチェスカは願った。ただ単純に素の自分でいたかった。一度だけでいいから、自分の気まぐれ、自分の欲望に従いたかった。それが可能だとは信じがたかったが、ここにはそれを期待してもいいと思わせる男性がいた。

もしかしたら、私は彼から何かを学べるかもしれない。フランチェスカはグラスを持ち上げ、飲み干してから、彼に差し出してお代わりを催促した。

アリスティドは空っぽのグラスにシャンパンをつぎ足した。「そんなに急ぐ必要はないよ」

「すごく酔いたい気分なの。今まで一度も酔ったことはないけれど」

「一度も?」

フランチェスカはうなずいた。「シャンパンをグラス一杯さえ飲んだこともない。ケーキを一日に二切れ以上食べることも許されなかった。父に雇われた女性がいて、私が十五歳になると、その女性が厳重にカロリー計算をするようになったの」

けれど、今は……自由だ。

自分の育った環境についてフランチェスカは好きなように真実を話すことができた。もちろん公にするつもりはないが、夫に隠す必要はない。

夫？　彼女はその言葉が示す、このばかげた状況を笑いたくなった。

「ほかに、どんないやなことを忘れたいんだ？　あるいは、何をしたいんだ？」アリスティドは彼女のグラスに水を加えながら尋ねた。

すぐさまフランチェスカはグラスに口をつけた。その泡立ちが気に入った。その泡が頭の中に入ってきて、彼女をぎゅっと縛りつけているものを追い払ってくれるような気がした。すべてをやり遂げようと決意するあまり、緊張しすぎていたのだ。すぐにでもホールケーキを丸ごと食べたかったが、まずは彼の質問について考えることにした。

自分の弱みや傷つきやすい部分は見せないほうがいいとわかっていたので、フランチェスカは差し障りのないところから始めた。

「お菓子のつくり方を習いたいの」

「お安いご用さ」アリスティドはなんでもないことのように応じた。「朝一番にマウリツィオを紹介しよう。彼は料理の世界では名高い男だし、万が一きみの知りたいことを教えられない場合は、ほかの誰かを見つけてくれる」

フランチェスカは目を見開いた。自分が望んでいたものを実際に手に入れることまでは考えていなかったからだ。ただ、可能性が、息抜きをするスペースが欲しかっただけなのだ。安心するために。

しかし、アリスティドにとっては、菓子のつくり方を妻に学ばせるなど造作もないことなのだ。

「それから、朝寝坊がしたい。ペットを飼ってみたい。ずっと犬が欲しかったの。ばかばかしいほど大きな犬が。毛むくじゃらで、脳みそは少なければ少ないほどいい」あまりにも欲張りすぎていると思い、フランチェスカは急に泣きたくなった。けれど、アリスティドの前でそんなまねは絶対にしたくなかった。いいえ、ほかの誰の前でも。シャンパンのせいであろうとなかろうと。

　だから彼女はただ、列挙し続けた。

「それに、ジムの器具はもう見たくない」

「たまには体を動かしたほうがいいから、敷地内にあるジムを利用してほしいが、きみがそうしたくないなら、使う必要はない。僕はジム以外の場所で体を動かすのが好きだ」

　再度のほのめかしに、フランチェスカはうんざりした。やり過ごすこともできたが、いつものようにほほ笑みを浮かべてうなずいた。しかし、彼はあっけらかんとしていた。彼女の反応を見ていなかったたわけでも、妙な駆け引きをしているわけでもない。おそらく、こうした戯れ言は、彼にとっては日常茶飯事なのだろう。

　そのことに気づいたせいかもしれないし、酔いのせいかもしれない。とにかく、フランチェスカは彼の目を見てはっきりと言った。

「私はあなたとベッドを共にしたくない」

　その言葉は、結婚式を挙げたあの美しい部屋でのキスがもたらしたものを呼び覚ました。アリスティドの手が彼女の顔に触れたときの感触、体内で積み重なったぬくもり、体の中に流れこんできた奇妙な震え……。写真撮影のために、二度ほどヴェイルとキスをしたことがあったが、何も感じなかった。

　彼女の宣言に、アリスティドは怒ったりせず、ただほほ笑んだだけだった。「別にそんなことを頼んだ覚えはない」

「私にバージンだけれど、これまでの経験では、男性が頼んできたことはなかったわ」

　そのとき、彼のまなざしの中で何かが変わった。気だるげな雰囲気がわずかに鋭くなったものの、笑みはそのままだった。「僕は同意を絶対的に重んじている。それから懇願も」

　懇願……。契約書を作成する際、夫婦関係についてヴェイルと率直に話し合ったが、同意や懇願について話し合われたことはなかった。

フランチェスカは気のきいた反論も、機知に富むひと言も口にできなかった。だから彼女はただその場に立ち、シャンパンを飲み干した。彼は少し離れたところで彼女を見ていた。

ようやくアリスティドは一杯目を飲み終えると、グラスをテーブルに置き、彼女に近づいた。

彼がまた顔に触れてくるのではないかと思い、フランチェスカは息を止めた。何かが起ころうとしている。心臓が早鐘を打ちだしたが、あとずさりはしなかった。彼の長身でたくましい体から、その熱から離れたくなかったからだ。それが何を意味しているか、彼女にはわからなかった。

だが、アリスティドは触れてこなかった。「きみは魅力的な生き物だ、アンジョレッタ。おそらく、この計画全体が、僕の当初の計画よりずっと楽しいものになるだろう」

自分が何を楽しんでいるのか、フランチェスカにはわからなかった。厳密に言えば、楽しいわけではない。解放感と言ったほうが近いかもしれない。でも、やっぱり楽しい。「私はこれまで、純粋に楽しんだことはないと思う」

「じゃあ、明日から始めよう」

アリスティドはよく眠れなかったが、その理由を考えたりはしなかった。

フランチェスカのほほ笑む様子や、父親に雇われた女性がカロリー計算をしていたことを話したときの表情についても、アリスティドは気に留めなかった。あるいは、男から求められたことなどなかったと打ち明けたときの真剣さについても。

この瞬間までの彼女の経験は重要ではない。以前何があったとしても、今とはなんの関係もない。

アリスティドには実行すべき計画があった。

夫婦になって最初の一週間は静かに過ごす。自宅で居心地よいハネムーンをしているという錯覚を抱かせるために。それから本格的なキャンペーンに乗り出す。イベントやチャリティへの参加。そして何よりも、二人が切実に愛し合っていることを全世界に納得させるのだ。

堕落したプレイボーイが完璧な天使のおかげで生まれ変わる——こんな万人受けする物語がほかにあるだろうか？　自分一人では、ヴェイルの善良さを超えるのは不可能だが、フランチェスカが傍らにいれば……。

そして、僕はすべてを手に入れ、父は地獄に落ちるだろう。

そう考えて元気づけられ、アリスティドは朝の支度に取りかかった。フランチェスカが寝坊してみたいと言っていたので、スタッフにはブランチを用意させ、彼女が起きた気配がありしだい、屋外に用意するよう指示してあった。

まもなくフランチェスカがやってくると知らされると、アリスティドは屋外に出た。すでに暖かく、日差しも強い。彼は夏の暑さと輝きが大好きで、これ以上の贅沢な演出はないと考えていた。

新妻が広々としたパティオに姿を現した。明るい色のゆったりとした服を着ている。彼女はあたりを見まわした。海岸へと続く階段に並ぶ神話上の生き物の彫像や、その先に見える白い波、遠くの太陽、そしてブランチのテーブル。だが、視線が彼に向くことはなかった。

「おはよう」フランチェスカは言い、テーブル上の料理の配置を観察した。

「おはよう、妻よ。一緒にブランチをとろう」

だが、彼女は座らなかった。「ヴェエラが言っていたわ、泳ぐには今がいちばんいい時間だって」

ヴェラは新婦の世話を任せたスタッフの一人だ。

「彼女の言うとおりだが、酒を初めて飲んだあとの朝は、まず何か食べなくてはいけない」

「ヴェラがアスピリンをくれたわ」

「空腹時にのんではだめだ。さあ、座って」

フランチェスカは飢えと不信感の入りまじった目でテーブルを見た。「たった二人なのに、こんなにたくさん？」

「アンジョレッタ、僕たちはカロリーを気にしているのではなく、新婚旅行を楽しんでいるんだ」

フランチェスカは彼の向かいに腰を下ろしたものの、夫と目を合わせようとはせず、何から手をつけていいのかわからないといった面持ちで料理を見まわした。

そこで彼は妻を助けるつもりで立ち上がり、彼女の前にあった皿を取り上げて料理を盛り始めた。ジャム入りのバターパン、スフォリアテッレ、チーズとイチジクの盛り合わせ、カプレーゼケーキ、ほうれん草のフリッタータ……。それからジュースとコーヒーをカップにつぎ、彼女の前に置いた。

「泳ぐ前にこれを全部食べたら、沈んでしまうかもね」彼女は目を丸くして言った。

自分の席に戻ったアリスティドは肩をすくめた。

「好きなものだけ食べればいい。そのあとひと泳ぎしたら、戻っておいで。ハネムーンなんだから、好きなだけのんびりすればいい」

フランチェスカは鼻から息を吸い、出陣命令を受け入れるかのように小さくうなずいた。彼女は銀食器を持ち上げてから、一瞬のためらいのあと、口を開いた。「どうなった？」フリッタータを口に入れ、言葉を切る。

最後まで言わなくても、彼女が何を知りたいのか、アリスティドは察した。「フランチェスカ、きみは僕と同じようにあらゆるニュースソースにアクセスできる。花嫁に逃げられた花婿に何が起きたか知りたければ、自分で調べればいい」

「ええ。だけど、彼はあなたの家族ですもの、より詳細に知っているかもしれないと思って」

「僕の家族に関する情報なら、僕がメディア以上に知っていると思わないでくれ。家族間の断絶は兄の意向であり、僕が自らそれを変えるつもりはない」

「自分がヴェイルにどんな損害を与えたか、気にならないの？」

「損害？」アリストは鼻で笑った。「フランチェスカ、僕はきみの壮大な恋愛を邪魔したか？　そんなことはない。二人とも結婚がビジネス上の取り引きだとわかっていたはずだ。だから、どんな損害が生じようと、兄はいつものように乗り越えるだろう」

フランチェスカは首を横に振り、皿の上のペストリーについて考えた。そしてようやく、アリスティドを見た。まだはっきりとは読めないが、彼女の表情には柔らかな何かがあった。

「あなたとヴェイルは、どうしてそんなに憎み合っているの？」彼女は尋ねた。その優しい口調はかえって彼の怒りのツボを刺激した。

「僕のことを兄がきみに語るとき、おそらく兄は僕を卑劣な悪役に仕立てあげていたに違いない」

「いいえ。ヴェイルは努めてあなたのことを悪く言わないようにしていた」

アリスティドは顔をしかめた。背中を短剣で突き刺された気がしたからだ。「すべては単純かつ複雑なんだ。兄は僕に裏切られたと思っている。だが、僕は兄が僕を裏切ったことを知っている」コーヒーの入ったマグカップをじっと見つめる。「おそらく……僕たちはどちらも正しいのだろう」

「ヴェイルはどうやってあなたを裏切ったの？」

アリスティドは真実と、自分が好んでつく嘘について考えた。彼は嘘をつくのを気にしなかったし、むしろ適切な嘘というのもあると考えていた。しかし、フランチェスカの興味津々の視線を浴びている今、嘘をつくのは間違っている気がした。

「父は家政婦に産ませた僕を、嫡男の兄と同等とは考えていなかったから、僕と兄が遊ぶのを許していた。だから幼い頃、僕たちはとても仲がよかった。だが、すべてを知った僕は、ヴェイルに話すしかないと思った。僕たちは単なる友人ではなく、血を分けた兄弟なのだと。そして、勇気を出して兄に告げたとき、僕は二人の絆（きずな）が深まると思った。それだけが醜悪な事情から生まれた唯一の救いだと。だが、兄は正反対の反応を示した」

「よくわからない。血縁関係の有無をなぜ気にする必要があるの？　あなたという存在にはなんの関係もないでしょう」

アリスティドはまたも肩をすくめた。それから皿からチーズのかけらを取ってじっくり眺め、一口も食べずに皿に戻した。

「当時は、血筋がどうのこうのというのは、よく理解できなかった。兄が僕のことを自分より下だと思っていたとしても、僕は兄の友人でいるだけで充分だった。ところが、成長するにつれ、僕たちが同等かもしれないという考えは兄の自尊心をむしばみ、二人の関係を難しくしていることが明らかになった」

「もしかしたら、あなたは物語の一部を見逃しているのかもしれない」

アリスティドはテーブル越しに彼女と視線を合わせた。「きみが兄を愛しているとは思わなかった」

フランチェスカは目を丸くした。それがなぜか彼の心の中の波風をしずめた。

「愛してなんかいないわ。ただ、彼は私に親切にしてくれた。あなたもよ、私を奪ったことは別として。まあ……私は抵抗しなかったけれど」

「僕は一度もないよ、親切だと言われたことは」

彼女はテーブルを身ぶりで示した。「いいえ、あなたは優しかった」

「もしハネムーンできみに食べ物を提供することが親切だというのなら、僕がこれからもきみの人生の中で最も親切な男であり続けるときみを納得させるのは実に簡単ということになる」

「そして、それは確かにあなたの評判を回復するのに役立つでしょうね。控えめな水着を用意してくれたことも含めて」

「もし衣類や水着のサイズが合わなかったら――」

「いいえ、問題はサイズじゃないの。私は泳ぐのが大好きだけれど、海で泳いだことがなくて……」フランチェスカは、なぜか恥ずかしそうに言葉を切った。まるで口が滑ったと言わんばかりに。

このいろいろな顔を持つ女性が、よく考えもせずに本音をもらしたことに、アリスティドは好感を覚えた。充分にリラックスしているのだと。

「ここはプライベートビーチなんだ、アンジョレッタ。好きなだけ体を覆って泳ぐがいい」

「でも、正直な話、私が何を着て泳ごうが、裸で泳ごうが、アリスティド、あなたに見られるのはいやなの」

自分の名前を彼女に呼ばれると、アリスティドはいつも背筋がぞくぞくした。女性教師が生徒を叱責するような、高慢で歯切れのよい口調がたまらない。たとえ頬がピンクに染まっていても。

彼はにやりとした。「なんとも残念だ」

フランチェスカは首を横に振ったが、その豊かな口元には笑みの萌芽があった。

「泳ぎに行くわ」彼女は高らかに宣言した。まるで彼が反論するのを待っているかのように。

彼が何も言わずにいると、フランチェスカは海岸に至る階段に向かって歩き始めた。そして、途中で振り返った。

「一度だけ。一緒に来てもいいけれど、水着は脱がないわよ」彼女は冗談めかして言い、ほほ笑んだ。

アリスティドは小さなチャペルのような部屋で襲われたのと同じ感覚に打たれた。この渦巻くような、舞い上がるような感覚は、凶兆を意味しているとしか思えなかった。たとえそれが、彼女だけがつくりだせる明るさに包まれていたとしても。

すぐにフランチェスカのあとを追った。彼は朝の海で泳ぐのを日課としていたので、一緒に泳ごうと考えたそのとき、彼女がカバーアップを脱いだ。

美しいとしか言いようがなかった。昨日まで着ていたウエディングドレスが彼女の体を隠していたわけではない。優雅な肩の傾斜や胸の豊かさは見て取ることができた。

その水着にはなんの驚きもなかった。ビキニには違いないが、黒っぽい生地の間から見える小麦色の肌はけっして過度にエロティックではなかった。

フランチェスカが穏やかな波打ち際に足を踏み入れたとき、彼女の表情が変わった。計算も偽りも、すべて洗い流された。それは昨夜、彼女が自由について語ったときに浮かんだ喜びの表情だった。

沖に向かって少し歩いたところで、フランチェスカは彼のほうに体を向け、ほほ笑んだ。その笑みは太陽そのものだった。そして、彼女は再び彼に背を向けて歩き始め、やがて波に向かって飛びこんだ。数秒後に海面に浮き上がると、濡れた髪を背中に流したその姿は、人を誘惑する愚かな人魚を彷彿とさせた。

しかし、彼はその誘いに乗らなかった。最初に思いついたように一緒に泳ぐ気も失せた。バージンの妻には手を出さないと決意したからには、その場にとどまるのが最善だった。

そのとき、背後で誰かが咳払いをした。何度も潜っては浮き上がるフランチェスカからなかなか視線を外せず、やっとの思いで振り返ると、スタッフのルカが封筒を持って立っていた。アリスティドは差し出された封筒を開けた。予期していたような兄からの怒りに満ちた私信ではなく、驚いたことに父からのメモ書きだった。

〈すぐに私の家に来てくれ。今回の件について話し合おう〉

アリスティドはその紙切れをくしゃくしゃに丸めて投げ捨てた。火があればすぐさま燃やせるのにと残念に思いながら。

彼は、ヴァレンティノから何かが届くと確信していた。なんらかの反応が。

面と向かって衝突するチャンスをもたらすかもしれない何かが。

父親もまた反応するかもしれないとは考えなかった自分が腹立たしい。

「無視しろ」彼はルカに言った。「シニョール・ボナパルトが何を言ってこようが、いっさい無視してくれ。向こうから訪ねてこない限り、何も言うことはないとはっきり伝えてある」

ミロ・ボナパルトについてはとっくの昔に見限っていたが、どうしても放っておけないボナパルトが一人いた。

引き下がりかけたルカを、アリスティドは手を上げて制した。「待て。ヴェイルの屋敷から誰かフランチェスカの荷物を持ってきたか？」

「いいえ、まだです」

「この手紙と同じものを僕の便箋で作成し、ヴェイルのもとに送ってくれ。フランチェスカの持ち物を今日中に送り届けるよう、新たにつけ加えて」

兄の鋼鉄の鎧を突き破るものがあるとすれば、それは父親からのものと見せかけて、実際には僕からのものだとわかる手紙だろう。アリスティドは不敵な笑みを浮かべ、海の中の妻に視線を戻した。

4

フランチェスカは昔から泳ぐのが好きだった。しかし、父親の承認を得られたすべての物事と同じく、泳ぐことにも条件がついていた。

ただの水遊びは許されず、オリンピックの水泳選手のようなトレーニングを課された。ラップはどうか、正しいフォームで泳いでいるか。常にインストラクターが監視していた。そんなのはいやでたまらなかったが、自分の好きなことをするために我慢してきた。

けれど、今回は違う。フランチェスカはただただ好きなように波と戯れた。子供のように無邪気に。うれしさのあまり涙がこみ上げ、目からあふれて海水とまじり合う。

アリスティドに見られているとわかっていたが、涙に気づくほど、彼は近くにいなかった。だから彼女はただ、感じるがままに泣いた。そして波にのまれたふりをし、また背伸びして立ち上がった。

ああ、私は生きている……。

それは洗礼のようだった。新しい人生。希望と喜び。夢を見ているようだった。

その週はそのまま過ぎていった。ヴェイル邸での新生活のためにフランチェスカが荷造りしたものはすべて二日目の昼に届き、アリスティドが兄について苦々しげにつぶやいたのを除けば、〝花嫁強奪〟による影響はなさそうだった。父親もヴェイルも何も言ってこない。もちろんメディアでは大きなニュースになっていたが、いずれもアリスティドに焦点を当てていた。なぜ彼がこんな暴挙に及んだのか。

フランチェスカは朝寝坊をし、泳いだ。たいていはアリスティドが遠くから見守っていた。そのあとカロリーや脂肪分をまったく気にせず、豪華なブランチを夫と共にとり、たわいのないおしゃべりに興じた。

そうした日々は、つらくもないし、いやでもなかった。ただ……。

フランチェスカは常に人をよく観察し、その場そのときに合わせて人を操る方法を学んできた。それは父親の強権下で生きていくための術(すべ)だった。

とはいえ、アリスティドに関してはどう扱えばいいか、何日たってもわからなかった。彼は謎めいていた。世間の評判とはずれがあるが、フランチェスカ自身、世間の見方とはだいぶ違っていたので、さほど驚きはしなかった。しかし、生身の彼が世間の見立てと具体的にどう違うのかはわからなかった。

彼は評判どおり、何も気にしていないかのように振る舞っている。フランチェスカの行動に口を挟んだり、彼女の胸の内を探ろうとしたりすることもない。放蕩者(ほうとうもの)という仮面の裏に、優しさと敬意を隠していた。

その優しさゆえに、フランチェスカはしだいに彼を信頼するようになった。優しさを最後まで偽るのは不可能だと知っていたからだ。アリスティドは真の動機を隠すようなまねはしなかった。彼が親切なのは、別に気遣ってくれているわけではなく、今このとき不親切にする理由が特にないからだと、彼女は知っていた。

これまでの人生でそうした優しさや親切に触れたことはほとんどなかった。

ゆっくりと、とてもゆっくりと、彼女は父親がつくりあげた人形ではなく、自分自身になることを許した。けれどアリスティドは、彼女が本当は何者なのか、何を望んでいるのか、驚いたり不安を抱いたりするそぶりは少しも見せなかった。

これは道徳観念や懸念が何もないと言われている男性と結婚したことの利点だと、彼女は思っていた。マウリツィオは、クッキーやケーキを手始めに、彼女に菓子づくりを教えた。おいしいものをつくるのは爽快な気分だった。四日目の夜、アリスティドがポーチに座って酒を楽しんでいるとき、フランチェスカは派手なケーキを仰々しく彼の前のテーブルに置いた。「これ、私がつくったのよ」それから彼の隣に座り、フォークで一切れカットし、皿にのせて差し出した。「最初の一口はあなたに」

アリスティドはにっこり笑って身を乗り出し、差し出された皿を受け取った。それからフォークで口に運び、彼女と視線を絡ませた。

とたんに、フランチェスカは雷に打たれたような衝撃を受けた。それは結婚式の日のときに生じた体の反応を思い起こさせた。衝撃のさざ波は全身の肌を伝い、体の芯を締めつけ、うずかせた。

欲望のうずきを体験したのはこれが初めてではなかった。父親に内緒でロマンス小説を読んでいなかったら、このうずきがなんなのか、わからなかったに違いない。それでも、この原始的で荒々しい感覚は手に負えない気がして、彼女は不安に駆られ、固まった。

そして、アリスティドの言葉が彼女の中に新たな熱を呼び覚ました。「これは偉業だ、アンジョレッタ。もう二切れ、恵んでくれ」

彼の大げさな反応にフランチェスカはくすくす笑いたかった。それは彼女に動くきっかけをもたらし、ケーキをもう二切れ、皿にのせた。それから彼の食べっぷりを観察したい衝動を抑えようと、椅子に腰を下ろした。

ヴェイルはけっして厳格というわけではなかった。常に抑制され、沈着だった。

一方、アリスティドスはエネルギーに満ちていた。

外見は気だるげに見えたが、内には熱がある。その熱がフランチェスカの心を揺さぶった。

そして彼女は、その強烈な熱に加え、何か別のものも感じた。アリスティドは……本当にきらきら輝いていた。二人きりの夕食でも、会話の中でも。彼女のつくったケーキを黙々と食べているときでさえ。

彼は私を恍惚とさせる。フランチェスカはそう思った。この奇妙な世界――ボナパルト家の島のアリスティドが所有する敷地に立つ家で、私は初めて自分らしく生きることを許された。それだけでさまざまな感情が湧き起こる。

アリスティドは、私生活では奔放、仕事では無謀だったのだろうが、これまでのところ、彼が私やスタッフを冷酷に扱ったことは一度もない。私に何かを強要したこともない。ただときどき、熱く意図的な視線を向けてきて、烙印を押されているかのように私を熱くさせるだけだ……。


翌日の晩、アリスティドは夕食の席で言った。

「きみに頼まれた本は明日には届く、全部」

父親が一度も読ませてくれなかった小説について、フランチェスカが手当たりしだい挙げると、彼はさっそく手配すると請け合ってくれたのだ。

「すてき。すごくうれしいけれど、来週はのんびり読書三昧というわけにはいかないんでしょうね」

「そう、僕たちは旅に出る。この愛の繭から抜け出すんだ」

「なんと陳腐な……」フランチェスカは鼻にしわを寄せた。

アリスティドは苦笑した。「だが、心配は無用だ。舞踏会や晩餐会ばかりではない。読書や水泳、菓子づくりなど、きみのやりたいことをする時間もたっぷりある。きみは僕の囚人ではないのだから」

フランチェスカは彼が食べるのを見守りながら尋ねた。「あなたは？」

「何が？」

「ずっと望んでいたことや、やりたいと思っていたことで、できなかったことってある？」彼女はワインをすすった。一週間近くたった今も、自分の好きなものを好きなだけ食べたり飲んだりできることに驚いていた。そして、アリスティドにも同じようにしてやりたいと思った。

アリスティドはキャンドルのともるテーブル越しに、彼女に向かって眉根を寄せた。「僕が誰かに支配されていたとでも？」

フランチェスカは目を丸くした。「あなたにだって、魅力を感じながらも挑戦できなかったことがあるんじゃないかと思っただけ。たとえば、熱気球とか、エベレスト登頂とか？　あるいは過酷なサファリラリー？」

「フランチェスカ、僕は断言する。そうしたものに挑みたかったら、とっくの昔に挑んでいる、と」

「あなたの評判を立て直すこと以外はね」

フランチェスカなら間違いなくそれができた。このすばらしい一週間は、彼女の信頼を得るための策略だったのかもしれない。けれど、そんなことは気にならなかった。もし策略だったとしたら、それは功を奏したことになる。

「そのとおり。では、本題に戻そう。まずはローマでルドヴィカ・ガロの舞踏会に出席する」

アリスティドが彼女のほうに滑らせた招待状を見て、フランチェスカは舌打ちをした。

再び彼は苦笑した。「まったくもって同感だ。確かにシニョーラ・ガロは意地悪な年老いた野獣だ。とはいえ、ゴシップ好きの間では絶大な力を持っている。僕たちは彼女の舞踏会に行き、熱烈に愛し合っていることを見せつけなければならない」

「彼女は私を見るたびに、痩せすぎだと言うの。それが彼女が私に見いだせる唯一の欠点なんだと思う。

私があなたに夢中になる愚行を犯す可能性があると知ったら、彼女、きっと大喜びするわ」

「すばらしい。注目されたい僕たちにとっては大チャンスだ。最初はあれこれ憶測が飛び交うだろうが、これから数カ月かけて完璧なカップルのイメージをつくりあげていけばいい。きみの愛で僕は生まれ変わったと」

愛。

おとぎ話。

放蕩者を改心させる、善良な聖なる少女。

けれど、愛、あるいは噂になるような男女の間にあるものを見せつけるには、互いを腕に抱いて踊ったり、親密な会話に興じたりする以上のことが必要になるだろう。もっと違う何かが。

フランチェスカは、ヴェイルがカルリッツ王女とひそかに関係を続けていたとは思わなかった。メディアで報じられる、二人が同じパーティ会場にいるときの様子や、二人が見つめ合っている写真から、彼らの間には何かあると感じてはいた。実際に行動に移したかどうかに関係なく、誰もが彼らの相性のよさを認め、そのドラマに引きつけられた。

ひるがえって、フランチェスカとアリスティドについて言えば、一緒にいるときはいつでも、彼は妻に意味ありげなまなざしを注いでいた。フランチェスカは、アリスティドの仮面の下の素顔についてほとんど何も知らないにもかかわらず、結婚式でのただ一度のキスに影響を受けていた。

キスに、ケーキを食べながら彼女を見つめる視線に、なんらかの意味があると考えるのは愚かなことかもしれない。彼は自分の計画を遂行するために演技をしているだけだったのかもしれない。

けれど、フランチェスカはそうは思わなかった。というのも、アリスティドは非常に注意深く彼女と距離をおいていたからだ。そのことについて自分がどう思うか彼女はわからなかったが、彼の計画ではそうする必要があるのだろう。

「私たちが愛し合っていると周囲の人たちに思わせるには、同じ軌道上に存在しなければならないわ」

「僕たちは今まさにそうしているんじゃないか？」

「そうかしら？」彼女は首をかしげた。「食事のたび、あなたは私からいちばん遠く離れたところに座る。でも舞踏会では、互いに寄り添い、隣に座らなければならない。踊らなければならないかもしれない。多くのモデルや女優、社交界の花があなたの腕にぴたりと体を寄せている写真を、私は何度も見た。彼女たちとの間に隙間はなかったわ」

「だがそれこそが、僕たちが互いに求めている敬意のあかしだと思う。聖人が公衆の面前で互いの体をまさぐり合うなど、想像できない」

つかの間、彼の言うばかげた光景が脳裏をよぎり、フランチェスカは心の中で笑った。「愛と敬意はまったくの別物よ。私たちはその両方を互いに抱いているように見せかけなければならないの」目的が明らかになり、彼女は自分の手で問題を解決しようと決心して立ち上がった。椅子を引きずって彼の隣に置き、そこに腰を落ち着ける。

アリスティドは眉をひそめた。「今晩、近くに座って食事をすることに意味があるのか？」

「練習よ、アリスティド。何事も上達するには練習が必要だもの。愛し合っているカップルのイメージに沿うように練習をしなくては。シニョーラ・ガロの舞踏会で成功を勝ち取るために、今すぐレッスンを始めましょう」

「僕は講習とか練習とか、仕事っぽく聞こえるものは信じたことがないんだ」

彼女は考えこむように小さな声をあげた。というのも、アリスティドが父親とは関係なく自分の財産を築いたことを考えれば、そんなことはありえないからだ。もっとも、彼は普通の人より複雑で、異性を理解するのに二日以上かかったことのないフランチェスカでも、いまだに完全には理解できていなかった。本当の彼を完全に理解するまで、探索をやめるつもりはなかった。

だから、フランチェスカはあえて反論しなかった。たとえ彼がすべて本当のことを話したわけではないとわかっていても。「だけど残念ながら、あなたが今回の計画を成し遂げるには、練習が必須よ。あなたは理由があって私と結婚したのでしょう？　父が私のあらゆる面をコントロールしている間、私は父を含むすべての人に、私が望んでいるようなフランチェスカ・カンポに思わせる方法を身につけたの。あなたにもきっと同じことができる。そのためには、練習が必要なのよ」

「きみの父親が横暴な支配者だったという話は、僕はまったく気にしない」アリスティドは自分の父親について話すのと同じ暗い声で言った。

胸の中で何かが揺れたが、彼女はそれを無視した。父親とその行動について他人がどう思おうが、フランチェスカは気にしたことがなかった。彼女にとって重要なのは、その父親から解放されたという事実だけだ。「そのローマの舞踏会に行きましょう。あなたのお父さまもきっと来ているはず」

ミロ・ボナパルトとの再会――この一週間のファンタジーのような生活のあとに待つ厄介事について、フランチェスカはくよくよ考えないようにした。今は、私のつくったケーキを味わっている、まだよく知らない夫のことに集中しよう。

もう私は自由なのだ。父親に食事を制限されたり、殴りつけられたり、物を投げつけられたりすることはないのだ。

それを完全に過去のことにするために、フランチェスカはアリスティドに、公の場で愛し合っているふりをする方法を身につけてもらう必要があった。

「さて、私たちが豪華なテーブルでこうして隣同士に座ったら、あなたはどんなふうに振る舞うの？」

「もちろん、ディナーをとる男のようにだ、フランチェスカ」彼はそう言って、椅子の背もたれに寄りかかり、片手でワイングラスを持ち、もう一方の手をゆったりと脚にかけた。

しかし、その姿勢には何かが表れていた。少しでも彼女から離れたがっているような。

父親の鉄の支配下にあったフランチェスカは、人を観察することに多くの時間を費やしてきた。誰を手本にし、誰のまねをしてはいけないかを見極めるために。会話から、人々が本当は何を考えているのか、何を感じているのかを探り、それに沿って行動するために。

フランチェスカは恋に落ちている人を個人的に知っているわけではないが、見知らぬ人たちが恋に身を投じたり、そこから抜け出そうともがいたりするのを見てきた。そしてアリスティドは、恋とまではいかなくても、欲望に駆られた男性の行動を知る手がかりを、メディアを通して提供してくれた。

「もし私があなたの本当のデート相手で、ドレスからこぼれ落ちそうな豊満な胸を持つ、おいしそうなビュッフェのような女性だったら、あなたはどこに手を置くかしら？　視線は？」

アリスティドの口が官能的なカーブを描き、フランチェスカの胃がひっくり返った。それは日を追うごとに彼女を悩ませていた感覚だった。

「ああ、きみは僕のことをよく知っているようだ。いつも気にかけてくれていたんだな」

その言葉をフランチェスカは無視した。自分の胸がビュッフェのごちそうには入らないらしいことにも。「あなたの視線はその女性の体をさまようでしょう。そして……腕や肩に軽く触れる。それから身を乗り出し、彼女の耳元に何かささやく。そうでしょう?」

「ああ、女性をベッドに誘おうとしているのなら、そうするだろう。セックスのパートナーを持たない独身者として。そう、今の僕たちのように」

フランチェスカは首を横に振った。「思考プロセスは同じでも、少しだけ変える必要がある。あなたは身を乗り出すでしょうが、まだ私に触れてはだめ。私の目を見つめ、何かおもしろいことをささやく。もちろん私は、愛情を込めて見つめ返しながらほほ笑む。すると、あなたはさりげなく手を伸ばし、私にはめた指輪に触れる。二人の結びつきが紛れもなく現実であることを再確認するかのように」

「よく考えたものだな」

「というより、知っているのよ、場面設定の仕方を。こちらの都合のいいイメージを人々に信じこませる方法もね。これまでの人生においてずっと学び続けてきたから。問題は、あなたがこれをやり遂げられるかどうか」フランチェスカはほぼ一週間ぶりに絵に描いたような完璧な姿勢で椅子に座った。まるで重いドレスと宝石を身につけているかのように。

アリスティドは彼女をじっと見つめ、目を細くした。「うまいものだな、アンジョレッタ」

「何が?」

「別人のマントを羽織ることがさ」

「私はそうやって生き延びてきた。もしあなたが、長年にわたる放蕩のイメージを払拭したいのなら、同じようにする必要がある。さあ、続けて。あなたの力を私に見せてちょうだい」

アリスティドは少し椅子の背から身を起こし、手にしていたワイングラスをテーブルの上に置いた。そして手を膝の上に戻す途中で、彼女の手に触れた。たちまち電気が走って肌がちくちくし、フランチェスカは内心で身を震わせた。彼は背もたれに再び寄りかかることなく、彼女のほうに体を傾け、優雅な身ごなしで彼女の耳に口を近づけた。

「もしきみが僕の妻でなかったら、今の催促はかなりスキャンダラスなものになるだろう」

彼のささやきはそれだけだが、それでもフランチェスカは息をのんだ。アリスティド・ボナパルトに言葉は必要ない。

「だが、きみは僕の聖なる妻であり、人間界の天使なのだから、きみがどんなビュッフェを提供しようとも、勇んで手を出すつもりはない」

そう、アリスティドが欲しいのは私の評判であって、私そのものではない。わかっていたとはいえ、そのことをほのめかす彼の発言に、彼女はショックを受けた。

フランチェスカは、半ばまぶたを閉じた謎めいた目でアリスティドの視線を受け止めた。彼の言動やその動機について、彼女は理解していると思っていた。そして、その裏には本当の彼が潜んでいることを、彼女は知っていた。

ただし、本当の彼を知るのが自分の務めではないことも知っていた。

「あなたが目指すべきは、私を驚かせることではないわ」フランチェスカはなんとか言い、口調を改めて続けた。「私を笑わせるのが目的なの。控えめにね」

「だったら、おもしろおかしい話題をいくつか提供してもらう必要があるかもしれない」

「ええ」同意したものの、彼女の理性の一部は警鐘を鳴らしていた。彼の挑発に乗るなと。

しかし、フランチェスカの中には開花したばかりの別の部分があった。興味を持ち、そこに飛びこむ自由を重んじる部分が。彼女に常に完璧であれ、非の打ち所がない人間であれ、と命じる者はここにはいない。

「さあ、あなたがダンスを踊れるところを見せて」

　アリスティドはため息をつきながら椅子の背にもたれた。「いとしい人(カーラ)、僕が踊れるのは知っているだろう?」

「でも、私と踊れる?　私が、あなたの大切な恋人で、私のおかげで放埒(ほうらつ)な生き方を改めることができたのだというふりをすることができる?」彼女は挑むように眉を上げた。「これがあなたの計画であることを思い出して。私を永遠に塔に閉じこめたと皆に思わせることができれば、あなたは満足なのでしょう?」

　彼の表情が険しくなり、いらだっているのは明らかだった。しかし、ほどなくフランチェスカが正しいことに気づいたらしく、手を差し出した。フランチェスカはその手を取って立ち上がり、テーブルから数歩離れてダイニングルームの一角に移動した。

　アリスティドは足を止め、フランチェスカのもう一方の手も取り、ダンスを始めるような姿勢をとった。さらに人一人分の距離を保ったまま、彼女の腕を取った。

「アリスティド、本気じゃないでしょう?」

「僕が観客の前できみを襲うとでも?」

　フランチェスカは首を横に振った。「あなたは不自然な場所に触れることはないでしょうが、私をきっと抱きしめる。まるで私たちの間に聖なる魂が宿っているかのように」

　アリスティドは笑い、つられて彼女もほほ笑んだ。彼に引き寄せられるまでは。

　息苦しくなり、フランチェスカは頭が真っ白になった。アリスティドはまだ彼女の片手を握り、もう一方の腕で彼女を包みこんでいた。

　彼は彼女よりずっと大柄で背が高く、まるで氷河が迫ってくるようだった。恐怖を感じるはずなのに、むしろ身を乗り出したくなった。同時に、どこかへ避難したくなった。

なんと奇妙な心境だろう。

「これでよくなったか？」

アリスティドの声はとても低く、彼女の肌の隅々まで震わせた。フランチェスカはこのレッスンを始めてよかったと思った。なぜなら、あらかじめハンサムな夫に対する体の反応にどう対処するかを学べるからだ。

そして、夫にその反応を悟られまい、声を震わせまいと努めた。もし知られたら恐ろしいことが起こるという予感がしたからだ。そこで、フランチェスカははっきりと言った。「ええ、とても」

彼女は一歩前に進み、音楽もないのに、ダンスを始めようとした。だが、アリスティドは動こうとしない。戸惑いながら見上げると、彼は口元に皮肉めいた笑みをたたえていた。

「アンジョレッタ、僕のリードに従うんだ」

「ええ、ダンスはね。でも、恋愛に関しては私のリードに従って」

「いわゆる愛というものについて僕が知っているのは、それが人から分別を奪ってしまうということだけだ」彼は暗い声で言い、円を描くようにして彼女の体を動かし始めた。「それは……人々を内側から毒する寄生虫のようなものだ」

「ひどい言いようね」

「きみは愛を目撃したことがあるのか？」

「怪物のような父を母が愛していたとは思えないけれど、母は私が物心つく前に亡くなってしまったから、確かなことは言えない。でも、私たちが夫婦を演じるのであれば、よくも悪くも愛し合っているふりをしなければ」

「本質的に寄生虫も同然の〝愛〟を、なぜ互いに抱いているように見せかけなければならないんだ？」

フランチェスカは身を引いて彼を見上げた。「まずは、愛を寄生虫と呼ぶのはやめないと」

「まあ……たぶん」

「どうして愛が寄生虫と同じだと思うの？」

アリスティドは肩をすくめた。「僕がこれまで見てきたのは、愛が人をむしばむ姿ばかりだからだ。たとえば僕の母は既婚男性を愛し、浮気に走った。だが、母はまだその男のところで家政婦として働いている。僕は何度も、母のために家を用意し、母自身の人生を生きるよう促したが、母は頑として受け入れず、その男のために働き続けている。そして、母はそれを〝愛〟と呼んでいる」

「お母さまは間違っていると？」

「フランチェスカ、きみはおとぎ話を信じないと思っていた」

「信じていないけれど、誰かにおとぎ話のような幸せが訪れているかもしれないと想像すると、とても温かな気持ちになる。ヴェイルも、お姫さまを手に入れて幸せになっているかもしれない」

「気になるのか？」アリスティドは眉をひそめた。

「ええ。今回の騒動の中でも、誰かが幸せになるのを見たいの」

「フランチェスカ、きみはどんな幸せも追い求めることができる。愛が唯一の幸せではないのだから」

「そうね」あなたにとっては。彼女は胸の内で言い添えた。

アリスティドは、誰が見ても二人が互いを大切に思っているように見えるほど、彼女を抱きしめた。今、誰が見ているわけでもないのに。

その抱擁は完璧で、フランチェスカは胸の奥で奇妙な感情が渦巻くのを感じた。奇妙な悲しみ。この先何年も、私はアリスティドとこの偽りの関係を続けるのだ……。

彼女にとっては憂慮すべき事態だった。父から逃げて自由を手に入れるという計画をようやく成就させながら、自分がこれほどまで孤独であることに気づくなんて。

ふいにアリスティドが動きを止めた。「さあ、デイナーのデモンストレーションだ」そう言って、彼は完全にフランチェスカを解放し、彼女から一歩離れた。「きっと誰もが、僕たちのパフォーマンスにだまされるはずだ――間違いなく。これできみも満足できたかな?」

フランチェスカは満足していなかった。彼女はアリスティドに何かを教えた、あるいは少なくとも教えたふりをした。

けれど、彼女は夫にぴたりと寄り添い、彼の肩で泣きたかった。

5

アリスティドの語彙に〝自重〟という言葉はなかった。彼は〝過剰〟を好んだ。好きなものに好きなときに好きなだけ求める。もちろん、越えてはいけない一線はあるが、彼がそれを試されることはめったになかった。そんな瀬戸際に追いこまれること自体、ほとんどないからだ。

ところが、フランチェスカはことごとく彼を試していた。アリスティドは仮面をかぶり、役を演じるのが好きだったが、彼女に溺愛される夫のふりをするのは、彼の心を少なからず波立たせた。

とりわけ、フランチェスカが泣きそうな顔をして、彼の腕の中で震えているのを感じたときは。

彼女は欲望に圧倒されていたのではない。女性が欲望に駆られたときの表情なら、彼は熟知していた。今のフランチェスカはもっと深い何かが内面で生じているのがわかった。

アリスティドはそれに関わりたくなかった。

僕には〝一線〟があり、フランチェスカは僕の欲望の対象ではない。彼女はあくまで目的を果たすための手立てであるうえ、僕が目的と快楽を混同するなどありえない。望んでいるものを僕は彼女から手に入れ、その見返りに僕は彼女が望むもの――自由や裕福な暮らしを与える。それに尽きる。

そこに欲望はない。

だから、アリスティドは彼女から距離をおいた。少なくとも物理的には。

この一週間、フランチェスカはある種の熱病のように僕を悩ませ続けた。

彼女がつくったケーキを差し出したときのうれしそうな笑顔。二人の視線が絡み合った瞬間、僕たちは抱き合った。

毎朝、海に行き、波に身を投げる彼女の顔に浮かぶ表情。喜びと悲しみが入りまじっていた。

誰かがまさに生まれてくる瞬間を見ているようだった。何か大きな可能性に気づいたような。フランチェスカは彼の前で美しい花を咲かせているように見えた。絵のように美しく、香りがよい花を。

そして、その花には毒があった。

なぜなら、鋭く小さな棘が胸に突き刺さっているように感じたからだ。フランチェスカと接するたび、危険な綱渡りをしている気分になった。彼女は単なる手立てでしかないのに。そして、彼女に手を出すつもりはなかった。

僕は父のような男とは違う。今後も父のようにはならない――けっして。

そこで翌日、アリスティドは自分の人生における彼女の本来の立場を思い出し、旅の手配をした。数日間ローマに滞在し、その後ミラノ、ニース、パリへと向かう。そして、彼はアシスタントに言った。一度でもイベントへの招待を受けたら、次から次へと招待状が舞いこむから、すべて受けるように、と。

ハネムーンは終わり、いよいよ仕事の時間だ。

この計画に、なぜフランチェスカがいやがったり異を唱えたりすると思ったのかはわからないが、彼女があっさりと同意したことに、アリスティドはいささかショックを受けた。彼らは手早く荷物をまとめ、潮が満ちてくる前に車で本土に向かった。それからローマ行きの飛行機に乗りこんだ。いつものように彼女は笑みを絶やさず、スタッフ全員の名前を覚えようとした。フランチェスカも彼と同じくビジネスモードに徹していて、なぜかそれがいらついた。

ローマへのフライト中、フランチェスカはシートで丸まって夢中で小説を読んでいて、彼にはほとんど注意を払わなかった。

一方、アリスティドは柄にもなく、彼女のことをうだうだと考えていた。一線は越えないと心に誓っていた。彼は人の約束を真に受けることはなかったが、自身との約束は必ず守ってきた。自分のために自らつくりあげた個人的な信条に従って行動すると。ほかの誰かがそれをどうとらえようが、賛同しようが反対しようが、どうでもよかった。内なる羅針盤に従うこと、それがすべてだった。たとえ社会規範や法律に抵触することがあったとしても。

これまでは簡単だった。

フランチェスカに試されるまでは。

空港に着陸したとき、アリスティドはフランチェスカの顔から明るさが徐々に消えていくのを見た。彼女は生まれ育ったローマが好きではないのだ。

そのことを彼はよく理解していた。彼女の表情は、幼少期を過ごしたミロ・ボナパルトの邸宅に母を訪ねるたびに襲われる気持ちを思い出させた。

空港からホテルまでの車中、アリスティドは何も言わなかった。ローマの中心部にある美しい高級ホテルでチェックインをすませると、彼はハネムーンスイートに彼女を連れていった。

そこで彼は細心の注意を払い、二人の荷物を別々のベッドルームに運ぶよう手配した。それはフランチェスカへの明確なメッセージだった。本当はなんのためにそんなことをするのか確信を持てなかったが、彼女も何も言わなかった。一つ不安なのは、スタッフにどう見られるかということだった。

フランチェスカは寝室のドアの前で、甘い微笑を投げかけた。「おやすみなさい、アリスティド」

「おやすみ、小さな天使（アンジョレッタ）」彼は応えた、内心いらいらしながら。

またもろくに眠れずに夜を過ごした翌朝、アリスティドは早起きして仕事に出かけた。舞踏会に出かける時間までホテルに戻らないこと、そして日中はフランチェスカの好きなようにさせること、その二点をスタッフに伝えた。

舞踏会では、ディナーの席で僕は彼女の耳元に身を寄せてささやくだろう。そして、踊る。まるでフランチェスカしか目に入らないというような面持ちで。舞踏会がお開きになる頃には、二人に対するほかの客たちの反応を見て満足し、僕を苦しめているいらだちは薄らいでいるに違いない……。

ところが、ホテルに戻り、すっかり支度を終えたフランチェスカを見たとき、彼の計画はあっけなく崩れ去った。

彼女は深い紫色のドレスを着ていた。体にぴったりとフィットして威厳があり、胸元では小さな宝石が連なってきらきら輝いている。髪は複雑なツイストでまとめられ、メイクのせいで目はさらに大きく、唇はいつも以上にふっくらしている。ダイヤモンドのイヤリングは、きらびやかなダイヤモンドの指輪とおそろいだ。何よりも彼女自身がきらきらと輝いていて、アリスティドは突然、彼女を独り占めしたい気分になった。

アリスティドは息をのんだ。フランチェスカは彼の予想をはるかに超えていた。

彼女は長い間、天使に見立てられてきたが、そうではなかった。セクシーな魔性の女でもない。ただ美しく、魅惑的な女性であるにすぎない。それでもアリスティドは自分の軸がぶれるのを感じた。なぜなら、彼は優雅だけれど退屈な天使を想像していたからだ。彼の窮地を救ってくれる、そつのない天使の降臨を。

今、フランチェスカは誘惑の化身のように見えた。それは情熱のささやきとなって彼の体を滑り落ち、硬くするべきでないところを硬くし、柔らかくなるべきではないところを柔らかくした。

アリスティドは咳払いをした。フライトのせいで喉の調子がおかしくなったに違いない。「フランチェスカ、そのドレスは僕の評判を回復するための舞踏会にはふさわしくない気がする」

彼女は目を見開いた。驚きに加え、少し傷ついたような表情が浮かんでいる。しかし、それはすぐにいつもの冷静で実務的な表情の中に溶けていった。

「そう？　これでも、買い物をしながら考えたのよ。父が押しつけるような清純なドレスがいいか、自分の心を浮き立たせるようなドレスがいいか。結局、状況を考えると、自分の気に入ったドレスを選ぶほうが理にかなっていると思ったの。あなたの妻としてもそのほうがふさわしいだろうし」

その最後の言葉で、彼女に信頼され始めているのではないかという危惧が頭をもたげ、アリスティドはショックを受けた。

まずい。フランチェスカは僕に信頼を寄せるべきではない……。

なぜなら、人が彼の中に善良さを見いだし、彼もそれを受け入れたときに何が起こるか、わかっていたからだ。

「僕たちは、二人がお似合いだということを見せようとしているんじゃない。僕がきみに合わせるべきなんだ。公の場ではない。きみは僕に合わせる必要重要なのは良識に尽きると、言ったはずだ」

フランチェスカは凍りついたように見えた。息をしているかどうかもわからない。彼女はひるむことも、落ちこむことも、うつむいて目をそらすこともなかった。ただし、傷ついた様子はない。冷静沈着に彼の視線を受け止めた。

「私のこの服装は良識に欠けているというの？」

そうではないが……。きらびやかな舞踏会場やガラで目にする多くのドレスより、フランチェスカのドレスはつつましく、露出度は少ない。だが、そのドレスに身を包んだ彼女には、誰の目にも明らかな何かがあった。

返事をしないでいると、彼女は続けた。

「だったら、あなたがドレスを選んでくれる？　髪型や、私にふさわしい口紅の色も」

「いや」アリスティドは腹立たしげに首を横に振った。彼女の口ぶりに、あたかも支配的な父親に向かって逆らうような印象を抱いたからだ。なお悪いことに、身勝手な都合から彼女の服装に難癖をつけた自分が卑劣な人間に思えた。「もちろん、僕はきみの判断を信頼している」真っ赤な嘘だった。彼女をなだめるために出任せを言ったにすぎない。

「このドレスを選ぶのに私は熟慮したのよ」フランチェスカは続けた。「私があっという間にあなたを聖人に変えたなんて、誰も信じない。お互い、少しずつ段階を踏んでいかないと。そして、私たちの主張を理解させるには、お互いに少しずつ譲歩する必互いを変えたように見せなければならない――よい方向に。長い目で見れば、そうしたストーリーのほうが真実味があり、あなたの目標に近づけると思う。でも、いずれにせよ、兄の花嫁を奪ったというあなたの評判が、一度の舞踏会で変わることはない。それを変えていくには、愛の物語を使うしかないの。私たちがすでに同意したように」

彼女の説得になぜ腹が立つのか、アリスティドはわからなかった。人々に影響を与える物語とか視覚効果について話す彼女は、彼を助ける義務を負っているかのようだった。これでは主導権を握っているのは彼女だとしか思えない。

事実は、僕が彼女を盗んだのだ。単純な話だ。彼女は僕の望みを叶え、僕の計画に従うはずだった。よりよい計画を立てて、僕に従うよう強いるのではなく。僕の真のパートナーのごとく振る舞うのではなく。そんな展開が根づくのを許してはならない。

要があると思う」

「世間の人々は僕がきみを汚したと思うだろう。イタリアの聖なる天使であるきみを堕落させた、悪魔がきみを高みから引きずり下ろした、と」それはアリスティドにとっては少しも問題にならなかった。もし人の目を気にしていたら、彼はヴァレンティノのような人生を送っていただろう。今の彼にとって重要なのは、人にどう思われるかではなく、いかに自分をつくり変えるかということだった。

そして、今のフランチェスカを見る限り、物事は彼の計画どおりに進んでいなかったし、彼女が物事をなぜこんなに難しくしているのか理解できなかった。

今度は彼女が首を横に振る番だった。「最初はそうとらえる人もいるでしょう。けれど、貞操帯をまとっているも同然の格好をしていても、私があなたの腕の中にいたら、それは変わらない。私たちはお

「行きましょうか？」フランチェスカは明るさを装って尋ねた。「それとも、もったいをつけて、少し遅れて登場したいの？」

もったいをつけて……。なんといまいましい言葉だろう。そして彼は、フランチェスカがどう振る舞おうが、どう誘惑しようが、彼女は庇護されなくてはならないと自分に言い聞かせた。僕は彼女の父親のようなろくでなしではない。

今のフランチェスカは僕の手に負えない。そう感じたとたん、ますます腹が立ち、アリスティドは報復しようと決めた。彼女のまぶたが震え、息が荒くなるまで、身を寄せる。あとずさりするのを待ったが、彼女は踏みとどまった。

アリスティドは興奮して自分の目的を一瞬忘れたが、すぐに気を取り直した。フランチェスカは頬を染めたものの、冷静な黒い瞳で彼を見返した。

彼は唇を彼女の口に近づけた。「フランチェスカ、きみを狂わせてやろうか？」

だが、彼女に動じる気配はなく、アリスティドはしくじったことに気づいた。彼女は顔の角度を変え、彼の口元に視線を落とした。

「それがどんな感じなのか、試してみてもいいわ」

フランチェスカがほほ笑むと、一瞬、彼の頭は真っ白になった。熱い血が勢いよく全身を流れて体を締めつけ、憂慮すべき欲望以外は何も感じない。立っているだけで精いっぱいだった。

だからアリスティドは何も言わなかった。フランチェスカも。二人は小さな空間で互いの息がまじり合うのを感じながら、ひたすら立っていた。そのうちに、彼はあの感覚――毒が彼の決意を弱めていくのを感じた。彼女をビジネスパートナーという枠の中に閉じこめておかなければならないという決意を。

いや、こんなことではだめだ。アリスティドは自戒した。セックスは適切な相手となら、なんの制約もなく楽しめるが、フランチェスカとは裸になって体を重ねるような状況にはない。僕の計画の成否は、彼女が完璧な花嫁を演じきれるかどうかにかかっている。僕たちは助け合うだろうが、一線を曖昧にしてはならない。

そこでアリスティドは、最高の武器である残酷な言葉を、軽蔑を込めて繰り出した。「僕は時間を無駄にしたくないんだ、男女の関係について何一つわかっていない無分別なバージンを相手に」

フランチェスカは目をしばたたいた。一瞬目を閉じるだけで、傷つけられた部分を修復できるかのように。「たぶん私は、自分は無敵だと信じ、自分の力や支配力が試されたように感じるとすぐに癇癪を起こすプレイボーイに無駄な時間を費やさないよう、気をつけなければならないみたいね」彼の侮蔑的な口調をまねて冷ややかに言う。

「癇癪?」アリスティドは低い声で苦々しげに笑った。自身の辛辣な言葉を彼女に逆手に取られ、彼は大きなショックを受けた。

「癇癪を起こす場合、必ずしも大きな声は必要としないものよ、アリスティド」彼女は子供を叱るナニーのような口調で言った。「ときには、引きこもることも癇癪になる。さあ、出かけましょう。時間どおりに行動するのがいちばんよ。私があなたに寄り添うのを見て、誰かが何かコメントするかもしれないもの」

そう言ってフランチェスカはドレスとおそろいの小さなバッグを手にした。それから姿勢を正して彼の視線を受け止めた。その態度はビジネスライクで、確信に満ちていた。

彼女は完全に仮面をつけたのだ。

アリスティドはそれを剥ぎ取りたかった。今ここで、一枚一枚。

だが、気ままで野性的という評判とは裏腹に、アリスティドは他者に対して無頓着ではなかった。だからこそさまざまなイベントやパーティから招待を受け続け、ビジネスで多大な成功を収めたのだ。彼はその悪い評判にもかかわらず、多くの人たちに好かれていた。

アリスティドは自分自身を、周囲の人たちを、世界を理解していた。理解しないわけにはいかないからだ。拒絶ばかりしていては成功などおぼつかない。

そして、彼は好きなだけ寡黙なプレイボーイでいられたが、自分より下だと思われる者に危害を加えることはなかった。なぜなら、父親のような怪物になることを自分に許さなかったからだ。けっして。

フランチェスカは経験値においても理解力においても、アリスティドから見れば下だった。だからこそ、彼女には手を出さず、彼女に夢中になっている夫を演じることにしたのだ。

誘惑に屈することなく。

6

舞踏会に向かう車中、二人は言葉を交わさなかった。フランチェスカは、さまざまな理由から、それが最善だと考えていた。

今にも涙が出そうだったから。

アリスティドに言われたことが原因ではない。その場の勢いで意地悪なことを言われたとしても、気にしなかった。特に、相応の反論ができた場合には。

奇妙なことに、暴力の脅威がなければ、口論でさえ自由のあかしのように感じられた。

フランチェスカを悩ませたのは口論ではなく、警戒を怠ったことだった。

自分でドレスを選び、自分の好きな格好をして、しかも満足のいく結果を得られたことにとても興奮していた。そしてこの一週間の良好な関係から、アリスティドもきっとこのドレスを褒めてくれると思っていたのだ。彼ならどんな場合でも、笑みを浮かべて私の選択を尊重してくれると。

けれど、アリスティドは男であり、もっとよく彼を知る必要があったのだ。そうすれば、彼の機嫌を予測できたはずで、些細なことで衝突するのを回避できたに違いない。

アリスティドが怒っているのは確かだが、フランチェスカにはその理由がわからなかった。彼女は身体的な危険にさらされているわけではない。その点は、彼を信じることができた。そのため、以前のように不安を覚えることなく、彼にまつわるこの厄介な状況を乗りきる術を学ぶ余裕があった。

彼のちょっとした暴言から明らかなのは、フランチェスカが誘っても、それに応じるのをためらわせる何かが彼にはあるということだ。それが何かはわからないが、彼女はそれを打ち破りたかった。

なぜなら、アリスティドに腹を立てても、傷つけられても、彼の近くにいるときにいつも感じられる熱の正体をどうしても知りたかったからだ。フランチェスカは得られる限りの自由を望んでいた。

彼をもっと理解すれば、それが叶うかもしれない。

車が止まると、フランチェスカは待った。アリスティドが先に降りて、彼女に手を差し伸べるのを。彼女の耳にはすでに、アリスティドが盗んだ花嫁を連れくるのを予期して人々がざわついているのが聞こえていた。

アリスティドが彼女を見下ろしてほほ笑むやいなや、フラッシュがたかれた。しかし、今や彼のことをそれなりに知っているフランチェスカは、ほほ笑みにだまされなかった。彼の目に温かみはなく、まったくの無表情だった。

フランチェスカは冷えきった手を彼の手の中に滑りこませ、車から降りた。アリスティドの笑顔は彼女の手を見て少し曇り、冷たい手を温めるかのように大きな手ですっぽりと包みこんだ。

これまでに自分のどこかを誰かが温めようとしたことがあったかどうか、彼女は過去へと思いを巡らせた。そして、一度もなかったと確信した。

アリスティドに導かれて喧騒の中へと引きこまれると、フランチェスカは大きく息を吐いた。今は彼ではなく、自分が置かれた状況に集中しなければならなかった。彼女は演技に加え、自分の見せたいものを見せる演出にも長けたプロだった。

とはいえ、何かを見せなければならないときに手を握ってくれる人はいなかった。ヴェイルと出席したイベントでさえ、手を握られたことはなかった。

しかし、メディアが彼とカルリッツ王女との仲を勘繰り続ける中、私は彼の婚約者としてじっと耐えているのだと考えるのが好きだった。

現実がどうであれ、重要なのは物語であり、彼女とアリスティドは物語にほかならなかった。

ヴェイルに感じたのと同じような距離をアリスティドとの間にも感じられたら、とフランチェスカは願っていた。二人とも同じようにハンサムでたくましいのに、なぜその距離感が違うのか、彼女にはよくわからなかった。ただ違うと感じるのだ。

そして、アリスティドが何を感じているのかも、わからなかった。唯一わかるのは、たぶん、多少は後ろめたさを感じているだろうが、そこには煮えたぎるような怒りやいらだちがまじっていた。

〝たぶん、ただ単におまえが充分ではなかっただけだ、いつものように〟

彼女は肩をすくめ、かつての父親の嘲りをやり過ごそうとした。いいえ、私なら大丈夫、充分にやっていける。きっとアリスティドの評判はすぐに好転するだろう。そして、そのことに彼は感銘を受けるだろう。私自身にも。そうすれば、彼は二人の間に生じたものを認め、それに即した行動を起こすに違いない。

アリスティドは彼女をまっすぐガロ夫人のところへ連れていき、見せかけの熱意を込めて挨拶をした。ガロ夫人はフランチェスカを探るような目で見まわし、鼻を鳴らした。「結婚に同意したのね」

それは、夫人のいつもの丁寧さを装った挨拶にはほど遠かった。

夫人の視線がアリスティドに移った。「よくもまあ、大それたことをやってのけたものね。なぜあんな無茶をしたの？　どうやって？」

アリスティドは笑みを絶やさなかった。いつもと同じ魅力にあふれている。嘘（うそ）だと思いながらも、フランチェスカは彼がどう反応するか興味津々だった。

「すべては、僕の小さな天使（ミオ・アンジョレッタ）に出会ってから始まったことです。こんな宝物から目を離すなんてありえない」アリスティドは妻を見やった。

彼の笑みに宿るよこしまな光にほかの人は気づいているのだろうか。フランチェスカはいぶかった。

「この女性は僕の邪悪な性格に我慢し、僕がもっといい人間になるのを助けくれる人です」

「そして、あなたは彼女がもっと悪い人間になるよう仕向けているんでしょう？」

「いいえ、そんなことはありません」フランチェスカは穏やかに否定した。

「アリスティドは私が自分らしくいられるようにしてくれるの。それって……たまらなく魅力的なことなの」年配の女性はフランチェスカをじっと見つめた。「あなたもそう感じているんでしょうね」そう言ってから、彼女は真顔でつけ加えた。「本当に彼があなたに夢中だといいけれど」

「そこが兄と僕の違うところです」

アリスティドが割って入ると、フランチェスカはうめきたくなった。ここでヴェイルのことを持ち出すべきではない。更生したいのであれば。

「兄はフランチェスカの本当の姿を知らないが、僕は知っている。そのうえで夢中になっているんです。兄が求めていたようなお飾りの妻としてではなく」

ガロ夫人は鼻を鳴らした。「それで、ヴェイルが今夜、私の招待を断ったのは、あなたのせいなのかしら？」

アリスティドは苦笑した。「シニョーラ、あなたは招待状を利用してトラブルを起こそうとしていたのですか？　だとしたら、恥じ入るべきだ」

夫人はほとんどおもしろがっているように見えたが、さっと手を振って彼らを追い払った。

「ヴェイルのことを持ち出す必要があった？」フランチェスカはテーブルに向かって歩きながら彼にささやいた。「さっきのやり取りは、夜が明ける前にどこかの新聞に載るでしょう。私たちをよく見せるために、ヴェイネルを悪く言う必要はないわ」

「一度くらい、兄を振りまわす快感を味わわせてくれ。さんざん振りまわされてきたのだから」彼は近くにいたウエイターのトレイからシャンパンのフルートグラスを二つ取り、一つを彼女に手渡した。

「あなたたち兄弟はもう充分に角を突き合わせてきたように思うけれど？」フランチェスカはグラスを口に運び、一口飲んだ。

アリスティドは彼女に鋭い視線を送った。「きみは僕たち兄弟のことを何も知らない」

微妙な話題だった。フランチェスカはこれまでの人生において微妙な問題には首を突っこまないようにしてきたが、アリスティドの何かが彼女の好奇心を刺激した。

「私はしばらくあなた方と一緒に過ごし、二人が互いにどう反応し合うかを見てきた。憎むべき父親との轍もね。私があなた方についていかに多くの情報を得ているかを知ったら、あなたはさぞかし驚くでしょうね」

「きみは僕の妻だ、フランチェスカ。つまり、きみは何事に関してもヴェイルの側には立てない」

「そういう意味で言ったわけじゃないわ。ただ、私がヴェイルの味方になることはない。あなたの肩を持つこともね」フランチェスカは彼の肩に手を置いた。「私が言いたいのは、兄弟で話し合ったほうがいいということ。もし私に兄弟姉妹がいたら、ひどい子供時代について話し合ったと思う」

その言葉が過去の亡霊を呼び寄せたかのように、突然フランチェスカの父親が現れた。

「フランチェスカ……」ベルティーニ・カンポは呼びかけ、その暗く硬い視線を娘が手にしている飲み物に注いだ。とがめるかのように。それから視線をアリスティドに移し、誰もがだまされる微笑を顔に張りつけながらも、辛辣な口調で続けた。「どうやらこの一週間の出来事を乗りきったようだな」

フランチェスカは息をのみ、アリスティドの肩から手を離した。かすかな震えを抑えようと苦闘しながら。人ごみの中なので自分は安全だとわかっていても、恐怖を感じずにはいられなかった。

今は自由の身であるにもかかわらず、その場に凍りついた。一歩間違えば大惨事になるかのように。

唯一の救いは、アリスティドが彼女の手を握り、冷え冷えとした心身を温めようとしてくれていることだった。「私の夫、アリスティド・ボナパルトを紹介するわ」なんとか言ったものの、浮かべた笑みはあまりにぎこちなかった。

ベルティーニはアリスティドに手を差し出し、握手を求めた。「若者よ、私たちには話すべきことがたくさんあるようだ」

「そうですか？」アリスティドは差し伸べられた手

を見ただけで、握手はしなかった。「シニョール・カンポ、話し合うことは何もありません。実のところ、僕たちは二度とあなたに会わないほうが関係者全員にとって最善だと思う」アリスティドは笑みを絶やさずに言ってのけた。

彼が言ったことを理解するのに、フランチェスカは数秒を要した。私は何か言うべき？　ええ、そうよ、夫をたしなめなくては。しかし、彼女はただ不思議そうに彼を見つめることしかできなかった。

「失礼、もう一度言ってくれるかな？」ベルティーニはあっけに取られているように見えた。

アリスティドは身を乗り出し、フランチェスカの父親に顔を寄せた。「もしあなたが妻に近づくのを僕が見かけたら、あなたは後悔する羽目になる。もしこの警告を文書にしてほしいなら、明朝一番に届けさせますよ」

ベルティーニはアリスティドをにらんだ。「きみは結婚契約書にサインをした。そして私に報酬を支払った。なのに、きみは――」

「報酬を支払った以上、僕が望むことはなんでもできるはずだ。そして、僕たち夫婦のまわりにあなたが現れない限り、あなたを破滅させる必要性は感じない。おわかりですか？」

父親の顔が赤く染まるのを、フランチェスカは見た。彼女は恐怖に駆られ、アリスティドの手さえも温かみを感じなくなった。彼女が逃げ出さずにすんだのは、今夜は父親と一緒に家に帰らなくてもいいとわかっていたからだ。

今や、フランチェスカには守護者がいるのだ。

アリスティドは、彼女の言葉の端々から父親からひどい仕打ちを受けたことを知ったはずだが、全容は知らない。彼女はそのことを誰にも言わないよう気をつけていた。

アリスティドは彼女を父親から引き離した。その様子を間違いなく何人かのゴシップ好きが目撃していた。彼らは不穏な空気を察したに違いない。だが、アリスティドは終始、楽しげな笑みを浮かべていたから、彼らはそのギャップに悩むに違いない。

フランチェスカは歯ががちがち鳴っていることに気づいた。それを察したのか、アリスティドは彼女を、巨大な植物の陰に連れていった。彼女は壁に寄りかかり、気持ちを落ち着かせようとした。

彼はフルートグラスを取り上げ、両手で彼女の手を包みこんだ。つい一時間前まで彼女に腹を立てていたにもかかわらず。

何もかもつらすぎた。だから、フランチェスカは目下の問題に集中した。「父と握手するのを拒むべきではなかったわね」弱々しい声で言う。内心では喜んでいたことを押し隠して。

「フランチェスカ、僕はいじめっ子を許さない」アリスティドは彼女の両手をこすりながら広々としたた舞踏会場の隅々まで見渡し、ベルティーニの動きを追った。彼が部屋を出ていくまでずっと。

終わったわ。いつの間にか呼吸は楽になっていたが、フランチェスカは父親の姿が消えるのを確かめずにはいられなかった。

しばらくして、アリスティドは彼女をじっと見つめた。フランチェスカは彼の顔には、いらだちや戸惑い、あるいは哀れみが浮かんでいるに違いないと思った。だが、そこにあるのは深い憂慮だけだった。

彼女は最初、アリスティドが何も言わず、何事もなかったかのように今しがたの一件をやり過ごすと思った。けれど数分後、彼女が落ち着くのを待っていたかのように口を開いた。

「僕の父は、自分のことしか興味がなかった。ほかの誰に対しても、毛筋ほども気にかけたことはない。父は残酷な心理ゲームを好み、それが僕たち兄弟に恐怖を引き起こした。だが、ベルティーニ・カンポに呼びかけられた際にきみの目に浮かんだような恐怖を、僕は感じたことがない」

フランチェスカは泣きたくなった。私が実の父親を恐れていることに気づいた人が、これまでいただろうか？　一人もいなかった……。

「きみがそんな恐怖にさらされていたと思うと、耐えられない。二度とあってはならない」

アリスティドの言葉は、まるで誓いのように聞こえ、フランチェスカは涙をこらえて言った。「ありがとう」生まれて初めて心から優しい言葉をかけられ、胸がいっぱいになった。その一方で言い知れぬ寂しさを感じていた。今の私たちは友好的で、相性もいいのかもしれない。だけど、彼は本質的に見知らぬ人で、私と距離をおこうとしている……。

彼はうめいた。フランチェスカの切実な感謝に不快感を覚えているかのように。彼女もまた動揺がおさまらず、無防備のままだった。

自由になれば何もかもうまくいくとフランチェスカは本気で思っていた。けれど、そうではなかったとわかり、気持ちが沈み、いらだちを覚えた。とはいえ、夫に救われたという事実に喜びにも似た感情がこみ上げていた。

「帰りたいか？」彼はいかにも優しげに尋ねた。

再び胸がいっぱいになった。アリスティドは人から優しいと言われたことはないと言っていた。そして、私のドレスにいらだち、私のことを〝無分別なバージン〟と呼んだ。そんな人が今、輝ける騎士となって私を守ってくれている……。

フランチェスカは揺れ動く気持ちをしずめようと深呼吸をしてから、首を横に振った。「いいえ、なるべく長くここにとどまったほうがいいと思う。父のせいで当初の目的が達成できなくなるなんて、いやなの」

「お互いに相手の手を放せないというように振る舞

い続けたほうがいいと?」

「ええ、そのとおり」フランチェスカは鋭くうなずき、壁から身を起こした。「私たちは踊り、みんなに私たちはとことん愛し合っていると思わせるの」たとえその愛という言葉が、砂を噛むように味気ないものだとしても。

アリスティドはフランチェスカを優しく腕に抱き、スローテンポのクラシックなワルツを踊った。彼女のことを危険な脅威と感じていた昨夜とは違い、今夜はもろさを感じた。

ベルティーニ・カンポのことは好きになれないとわかっていたが、フランチェスカの父親に対する反応には驚いた。彼女の平静さも強さも、たった一人の男の視線にさらされた瞬間に崩れ去った。その目には実の父親に対する真の恐怖が浮かんでいた。

そのとき一瞬、アリスティドは少年の頃の自分を見た気がした。

ミロ・ボナパルトは彼の人生において奇妙な存在だった。十二年間、まったく父親の存在を知らなかったのに、ミロは突然、アリスティドの父親となり、牙をむいた。だが、ミロ・ボナパルトがアリスティドに放った罵詈雑言が、実はヴァレンティノに向けられていることを知っていた。

そして、アリスティドの心が決定的に壊れたのは、いちばん落ちこんでいた時期に、かつては親友だった実の兄に嘘つき呼ばわりされたときだった。そのとき兄は〝おまえと本当の意味での兄弟になることはけっしてない〟と言い放った。

その瞬間、アリスティドの人生は変わったかもしれないが、少なくとも二人とも誠実だった。兄は本当になりたい自分を選び、アリスティドもそうしたのだから。

以来、二人はまともに話をしていない。大人になってから一度も。だから、フランチェスカの言うとおり、きちんと話し合うべきなのかもしれない、とアリスティドは思った。とはいえ、ヴァレンティノという煉瓦の壁に当たって砕けるつもりはなかった。

すでにアリスティドは、母親という煉瓦の壁にぶつかることに多くの時間を費やしていた。

その壁は固く、ぶつかれば痛みを伴う。彼は自分の破滅を望んでいるわけでも、ほかの何かの破滅を望んでいるわけでもなかった。

それでも、彼はいじめっ子には我慢がならなかった。ヴァレンティノのせいでもないし、兄との溝が決定的になったあの瞬間のせいでもない。父が兄弟間の対立を武器として利用し始めたせいだ。

アリスティドは、物理的にであれ、心理的にであれ、権力を武器のように振りかざす者を許せなかった。なぜなら、それがミロ・ボナパルトのやり方だったからだ。アリスティドはいつも父親を想像しうる最悪の怪物だと思っていた。

だが、自分の娘に恐怖心を抱かせるような男は、残酷で非情な父親や、今や敵と化したかつての親友よりはるかにたちが悪い。

フランチェスカが自由になれてうれしいと語っていたことが、今さらながら胸に迫ってきた。これまでは、少しばかり高圧的な父親のもとで育った少女が思春期に抱きがちな不満を大げさに語っているのだろうと推測していたが、間違いなく父親に虐待されていたのだ。

そして今、彼女は十代の頃にタイムスリップして、途方に暮れているように見えた。

「踊っている間は、ここを焼き払いたそうな顔をするのはやめて」フランチェスカはささやいた。

彼女は自分を取り戻したらしい。背筋がぴんと伸び、表情は決意に満ちていた。

アリスティドは彼女を見下ろした。「フランチェスカ、きみは父親に暴力を振るわれていたのか？」

彼女は鋭く息を吸いこんだ。「父のことは今は話したくないわ」

「いい父親というのがどういうものか僕は知らないが、娘に手を上げる父親など人間のくずだ」

腕の中でフランチェスカが身をこわばらせたのがわかり、アリスティドはそれを周囲の目から隠すために彼女を抱き寄せた。この舞踏会に出た目的を思い出したからで、けっして彼女を慰めるためではないと自分に言い聞かせながら。

「あなたのお父さんはあなたに暴力を振るったことはないの？」フランチェスカは挑戦といらだちが宿る目で彼を見上げた。

その問いかけには父親のことはもう話したくないという彼女の思いがにじんでいたが、アリスティドはもはやこの問題を放っておく気にはなれなかった。

彼は彼女の視線を受け止めた。「いや、ないよ。父にはほかに武器があったから、腕力に訴える必要はなかったんだ」

フランチェスカは震える息を吐きながら、頑（かたく）なに顎を上げた。「私はもう父の支配下にはないから、会ったところでなんの影響も受けないと思っていたの。でも、残念ながら、そうじゃなかった」彼女は背筋を伸ばし、虐待について話す女性の表情とはかけ離れた、ビジネスウーマンの表情を張りつけて言った。「でも、これからはきっとうまく対処できるようになると思う」

父親が怪物であるにもかかわらず、もっとうまくやるべきだとフランチェスカが考えていることを知り、アリスティドは衝撃を受けた。なぜなら、彼はこれまで、肉体的な虐待ではなく、言葉や脅しによる虐待を見てきたのに、何もできなかったからだ。

アリスティドは、母が被害者であること、逃げる必要があることを、母に納得させることができなかった。一度たりとも。フランチェスカが計画に少し狂いが生じたとはいえ、自ら脱出計画を立てたという事実に、彼は畏敬の念を抱いた。

「彼のいるところには二度ときみを連れていかないと約束する」必要以上に強い調子で言ったのだろう、フランチェスカがびくっと体を震わせた。あるいは、必要以上にきつく抱きしめたのかもしれない。

しかし、これだけはどうしても彼女に信じてほしかった。アリスティドは高潔な男ではないが、強い者が弱い者を苦しめるのを許すつもりはなかった。断じて。

「大丈夫、私はそんなに弱い女じゃないわ」

「アンジョレッタ、きみを表現するのに〝弱い〟という言葉はふさわしくない」

「あなたが何を言いたいのかわからない」彼女はささやくように言った。傍(はた)から見れば妻が夫に甘い言葉をささやいているように見えただろう。

そこでアリスティドは、彼女の香りを深く吸いこまないよう注意しながら、口を彼女の耳に近づけた。

「互いに理解し合うことにこだわらず、互いに必要なものを提供し合おう。きみは僕によい評判を、僕はきみに自由を」

彼が身を起こしたとき、フランチェスカはすっかり落ち着きを取り戻していた。もう弱さはない。そして、彼女の目には昨夜と同じ表情があった。

「キスをして」

アリスティドの中で二つの衝動がせめぎ合った。彼女をもっと近くに感じたいという衝動と、彼女を突き放したいという衝動が。

しかし彼女は事務的に続けた。「すぐそこにカメラがある。完璧な写真を撮らせるチャンスよ」

7

フランチェスカの心は揺れていた。

父親に対するアリスティドのあしらい方に胸を打たれ、父親が彼女に対してとった一見ばらばらな反応に戸惑った。彼女の人生において、保護者の役割を果たした者は一人もいなかった。

なのにアリスティドは、彼女が今にも壊れそうになったとき、まるでそれが義務であるかのように彼女を守ってくれた。ほんの短い間だったけれど。

どうやら、ようやく得た自由も、傷を癒やしてはくれなかったらしい。

アリスティドに言ったように、フランチェスカは弱くはなかった。十代の頃、化粧をしても隠せないほどの痛々しい痣を負い、虐待から完全に逃れるには自分自身で解決するしかないと決意した。私を救いに来てくれる人は誰もいないと自分に言い聞かせて。

だから、彼女は自らの手で自分を救った。何年もかけて、慎重に、計画的に。

これこそがすべての物事における成功の秘訣だと彼女は考えていた。

けれど、アリスティドはなんらかの形で私を守りたがっているらしい。もしかしたら、私の人生のこの段階では、弱さはさほど忌むべきことではないのかもしれない。なぜなら、私が弱気になったとき、誰かが助けてくれるから。

私がアリスティドの評判を立て直すのと同じく。

フランチェスカがキスを提案したのは、カメラマンの目を意識し、彼のために自分たちが仲のよい夫婦であることを世間に見せつけたかったからだ。アリスティドのために。とはいえ、彼の唇の感触を味わいたかったからでもあった。

フランチェスカは彼のことも、彼に対する自分の反応についても理解していなかったが、彼にキスをしたくてたまらなかったのだ。

自分ではどうにもできないことがたくさんある世界で、人を理解することは、彼女が生き抜くために身につけた唯一の武器だった。

アリスティドが彼女の唇に向かって口を近づけてきた。彼の黒い目は不可解な光をたたえている。けれど、それがなんなのか、読み取ることはできなかった。

目を閉じたくなったものの、フランチェスカは彼の視線を受け止めた。キスをする彼を目に焼きつけることによって、何かが明らかになる気がしたからだ。挙式のときのキスに感じた共振とでも呼ぶべき何かが。

今、フランチェスカは唇が触れ合う感触だけでなく、カメラが二人をとらえていることを意識していた。アリスティドの手は彼女の腰に添えられ、そこから熱が広がっていく。彼の熱い視線に釘づけにされ、全身の細胞がざわつき始める。たくましい胸に手を置くと、二人の鼓動が共鳴するのがわかった。

キスはほんの十数秒しか続かなかったが、憧れに満ちていた。彼が口を離したとき、フランチェスカの体は隅々まで震えていた。

これはある種の麻薬のようなものだった。彼女はもっと大きな高揚感を求めたくてたまらなかった。

アリスティドは彼女を放しはしなかったが、残りのダンスは体がかろうじて触れ合う程度の距離に保たれた。その間ずっと、フランチェスカは彼を観察しながら、考え続けた。今のキスが特別なものではなく、カメラを意識したものだったにもかかわらず、なぜ体があれほど強烈に反応したのかを。

フランチェスカは愛を信じていなかった。けれど、情熱が存在することは知っていた。ヴェイルが彼女を見る目と、彼が本当に愛していると誰もが確信していたカルリッツ王女を見る目との違いから、彼女はそれをはっきりと悟ったのだ。

だが、フランチェスカはヴェイルに対して情熱を感じたことはなかったので、王女に嫉妬したことはない。むしろ、ヴェイルと王女の結びつきが自分にとって有利に働くのではないかと期待していた。

けれど今、情熱は確かに存在し、彼女とアリスティドの間で渦を巻いていた。にもかかわらず、二人が情熱にのみこまれそうになると、いらだたしいことに彼は常に彼女を遠ざけ、距離をおいた。

曲が終わると、アリスティドは彼女をダンスフロアから連れ出し、夜の残りの時間を二人の会話に費やした。二人は笑い、おしゃべりに興じた。彼は妻を人に紹介し、彼女も夫を何人かに紹介した。傍目(はため)には完璧な新婚カップルに見えた。

それがふりだとわかってはいても、水面下では何かがたぎっているとフランチェスカは感じていた。その正体をなんとしても突き止めたかった。そうすれば、物事がすべてうまく運ぶような気がしていた。

車の後部座席に二人きりになった瞬間、アリスティドの仮面が剥がれ落ち、あの気だるげな微笑も、目の輝きも、すべて消えた。そして彼女との間に、物理的にも精神的にも、精いっぱい距離をおいた。

フランチェスカは、人がときどき立てる〝放っておいて〟という看板の意味を知っていた。そんな人を見かけると、彼女はいつもそのとおりにした。人の心の闇にむやみに立ち入るのは危険だとわかっていたからだ。フランチェスカはそんなリスクは絶対に冒さない。リスクを冒すには安全な基盤が必要であり、彼女にはそれがなかったからだ。

しかし今夜、アリスティドがその安全な基盤を与えてくれたように感じていた。フランチェスカの父親が娘を虐待していたことに気づくや、彼は激怒していたからだ。

アリスティドは優しさというものを嘲笑しながらも、何度も繰り返しそれを示してきた。だから、フランチェスカは危険を冒し、彼に近づいた。

「アリスティド、何か問題でも？」

彼はしかめっ面をしているわけではないが、その表情には非難がましいものがあった。

「たとえば、どんな？」

「わからない。だから、きいているのよ」

「おおむね、今夜は大成功だったと思う」彼は笑みを浮かべた。かすかに。「そして、その最終目標に到達するには、まだ多くのイベントが残っている」

フランチェスカは、二人のビジネスの話なら彼も乗ってくるだろうと思い、いくつか考えていたことを話そうと決めた。「私たち、慈善活動を追加する必要があるんじゃないかしら。あなたの変化に信憑性（しんぴょうせい）を持たせるために」

「僕個人のために慈善活動を利用するのは好ましくない」

「ばかなことを言わないで」フランチェスカは一蹴した。「あなたがチャリティ・イベントに顔を出せば、そのチャリティの宣伝になり、寄付の増加につながるはずよ」

「フランチェスカ、これまでの慈善活動の経験を通して僕が知ったのは、どんな慈善団体も自分たちにスポットライトが当たるのを望んでいないということだ。僕が出ていけば当然、注目が集まるだろう。そんな事態は避けたいんだ」アリスティドの口調は確信に満ちていた。

フランチェスカは彼をじっと見た。これまで世間に見せてきたイメージとは違う彼の姿に、いささか驚いた。「世間のイメージとはずいぶん違う考え方をするのね」

「そもそも、そこが間違っている」

アリスティドはどんな女性をも引きこむ笑みを浮かべた。もちろん、フランチェスカも例外ではなく、体の奥がうずくのを感じた。そして、ダンスを踊っているときの体の触れ合いとキスを思い浮かべた。もっと先に進んだら、どれほどの快感が得られるのだろう？

フランチェスカがもう一度近づくと、彼の顔から笑みが消えた。これ以上近づくなと言わんばかりに。

そのとき、車が止まってドアが開き、アリスティドは逃げるかのように車から降りた。フランチェスカはショックを受けた。これほどはっきりと拒絶されるとは思いもしなかったからだ。

フランチェスカは急いで彼のあとを追った。

「アリスティド！」呼びかける彼女の声音は険を帯びていた。

彼ははっとして振り返り、フランチェスカに向かって腕を差し出した。まだ人目があるのだから当然だ。彼女はその腕を取り、ホテルの中庭の薄暗い明かりの中でアリスティドにほほ笑みかけた。だが、彼は笑みを返さなかった。それでも、彼は彼女の腕を自分の腕に巻きつけながら、並んで歩いた。

ロビーに入ると、フランチェスカは少し彼に寄りかかり、自分より大きくて力強い人に身を委ねる感触を楽しんだ。そして、ロビーに居合わせた人たちの誰もが、二人を見てささやき合うのを見た。

部屋に入るなり、アリスティドは彼女の腕をほどいた。「おやすみ、フランチェスカ」

「ナイトキャップでもどう？」

「いや、遠慮しておく」

いらだちのあまり、フランチェスカは足を踏み鳴らしたくなったが、なんとか穏やかな声と笑顔を保った。「今夜はだいたい成功だったけれど、一緒にいるときの身ぶり手ぶりはもう少し工夫したほうがいいと思う。踊ったあと、あなたは私を遠ざけていたわ」

彼女はアリスティドのもとに行き、彼の腕を取って肩にまわした。そしてほほ笑みながら彼を見上げ、精いっぱい挑発的に体を押しつけた。

「私たちはこんなふうにもっと体を寄せ合って立つべきだと思う。でも、やりすぎかも。ただ手を軽く添えて――」

フランチェスカが自分の望む場所に彼の手を導く前に、アリスティドは彼女の肩から腕を離した。

「自分の手をどこに置けばいいのか、きみに教わる必要はない」

彼女は意味不明の怒りが浮かんでいるアリスティドの顔を見上げ、肩をすくめた。「ただの練習よ」

「練習ならもう充分にした」アリスティドは不機嫌そうに言った。

しかしフランチェスカは、彼の視線が自分に向けられていることに気づいた。怒りやいらだちを抱いてはいるものの、アリスティドは彼女に関心がないわけではないのだ。彼はただ自制しているだけなのだ、と彼女は確信した。

なぜ彼が自制しているのか、フランチェスカにとって唯一納得のいく理由は、彼女の未熟さが彼を不快にさせたというものだった。そんなのはばかげているとしか思えず、彼女は食い下がった。「では、練習以上のことをしましょう」

アリスティドは顔をしかめ、彼女からさっと離れた。「もううんざりだ、フランチェスカ」彼はぴしゃりと言った。

父親が娘を叱るように。

もちろん、アリスティドは彼女の父親ではなかった。しかし、彼が父親のことを思い出させたという事実に、フランチェスカはかっとなり、我を忘れた。

「あなたが何を考えているか、まったくわからない。あなたは私に惹かれているように見えるけれど、どうやらそのことに怒りを覚えている。あなたについて私が知っているすべてのことから察するに、あなたは性的な化学反応に拒否感を示すような人じゃない。だから、どうして私に欲望を抱くことに嫌悪感を覚えているのか、その理由を説明して」

フランチェスカはなぜそんなばかげた質問をしたのか、自分でもわからなかったが、今となっては取り消すことはできなかった。

特に、アリスティドがただそこに立ち、あまりに静かでよそよそしい態度をとっているときは。

フランチェスカは彼の兄のことを思い出さずにはいられなかった。兄弟は正反対のように見えるが、彼女には二人をつなぐ糸が見えた。おそらく、それは彼らの父親に違いない。もしミロがアリスティドに対し、ヴェイルと同じように接していたら、間違いなく二人は同じ防御壁を築いていたはずだ。

「フランチェスカ、きみを誤解させてしまったのなら、謝るよ。すまない」アリスティドは硬い口調で言った。「僕はいかなる状況でも、けっして仕事と遊びを混同しない」

フランチェスカはそのとき理解した。アリスティドが引いた一線は、私に対してだけではない、と。

彼は自分と父親との間にも一線を引いたのだ。

アリスティドが見たであろう光景に、フランチェスカは胸を痛めた。自分の母親がろくでもない男を愛していると知ったとき、彼は打ちのめされたに違いない。

ミロ・ボナパルトが息子たちに暴力を振るうことはなかったかもしれないが、フランチェスカは、虐待にはさまざまな形があることを知っていた。彼女はアリスティドのもとへ向かった。妻に冷ややかな視線を注いでいる夫のもとへ。

「アリスティド、私はこれを仕事とは考えていない。なぜなら、私たちの間に金銭のやり取りはないから。それに、お互いに影響を与え合っているという意味では、あなたと私は対等よ。私たちはただ助け合っている男と女にすぎない」フランチェスカは両手を彼の胸に押し当てた。二人の間に一線を引く必要はないことを、彼もわかってくれると信じて。

アリスティドは彼女の手にそっと自分の手を重ねた。「だが、フランチェスカ、誘惑者を演じるのはバージンのきみにはそぐわない」

その辛辣な言葉は、彼の狙いどおり、フランチェスカの胸をえぐった。けれど、彼女は屈しなかった。自由が、そしてアリスティドの保護が、彼女を強くしたのだ。

「そうやって好きなだけからかうがいいわ。でも、私がいまだにバージンなのは、ただ単に捨てる機会がなかっただけ。そして、結婚は、どんな理由で結婚したにせよ、バージンを捨て去ることができる場だと思う」

アリスティドの表情は冷ややかだが、目はそうではなかった。「兄との結婚を決めたとき、きみは兄に純潔を捧げるつもりだったのか？」

もっともな質問ね、とフランチェスカは内心でつぶやいた。しかし、彼女にとってはどうでもいいことだった。なぜなら、彼女が結婚を決めたのは自由の身になりたかったからで、花婿は誰でもよかったからだ。愛とか、相性とか、将来とか、そんなものはまったく頭になかった。

とはいえ、いつかは夫とベッドを共にするだろうと覚悟していた。情熱の有無にかかわらず。彼女は子供を望んでいた。そのため遅かれ早かれヴェイルとベッドを共にするだろうと漠然と考えていたのだ。

ただし、そのことについて具体的に想像したことは一度もなかった。それはせいぜい、彼女の人生における〝やるべきリスト〟のいちばん下にある項目にすぎなかった。

ところが、アリスティドと一緒にいると、すべてが違って感じられた。フランチェスカは感情は重要ではないと思っていたが、実際は違った。「アリスティド、その質問に正直に答えてほしい？」

「僕たちが交換可能な部品であるかのように、なぜ兄と僕のどちらにも身を投げ出そうとするのか、そして、この問題で自分の思いどおりにならないからと腹を立てる権利があるのかどうか、きみは一度じっくり考えてみるべきだと思う」

「まるで私がお金目当てで結婚するかのように言うのね。侮辱もいいところだわ。私はあなたのお兄さんと愛のために結婚しようとしたんじゃないし、相性がいいという理由であなたと結婚したわけでもない。ただ、あなたが知りたいようだから答えるけれど、私はヴェイルに、あなたのようには魅力を感じなかった。彼のキスに夢中になったり、彼に愛撫されて陶然となる夢を見たりしなかった。それはいつもあなただった……」

アリスティドの目に炎が宿り、ほんのわずか息が荒くなった。フランチェスカは一瞬、彼が折れるかもしないと思った。私に歩み寄り、顔を寄せて、唇を重ね……。実際、彼はかすかに動いた。

だが次の瞬間、アリスティドはかぶりを振り、きびすを返した。「フランチェスカ、ベッドに行くんだ」真剣な声で言う。「明日もパーティがある」

そして彼は、いらだち、悲しみに暮れるフランチェスカをその場に置き去りにした。

けれど、これは悲しむべきことではなかった。彼は間違っている。私はただ、そのことを証明すればいいのだ。そのあとのことは二人で考えればいい。

体がずきずきした。フランチェスカがアリスティドの中にかきたてる欲望は苦痛そのものだった。

彼はこれまで、女性からの誘いを拒んだためしはなかった。何より奇妙なのは、女性に誘われるのをこれほど強く望んだのは生まれて初めてだったということだ。アリスティドは駆け引きを好まず、ひたすら前進することを好む傾向があった。

すべてが明確であることを好んだ。混乱が生じたり傷ついたりすることがないように。

気にするべきではないのに、どうしても気になることを、フランチェスカははっきりと口にした。彼女は兄に対し、僕に対するのと同じような欲望を感じていなかったのだ。もっとも、彼女がヴェイルにどんな感情を抱いていようと、僕は自分の思いどおりに行動するだけだ。

彼は自由奔放なプレイボーイと思われていたが、何事にもルールを持っていた。それは、兄のヴァレンティノが自分に課していたようなルール――完璧であること、あらゆるものを正確にコントロールすること、他人からどう見られるかを気にすること、といったものではなかった。アリスティドは譲歩することを知っていた。十三歳のときに人生のすべてがひっくり返るという経験をしたおかげで。

だが、譲歩してはいけない一線、超えてはいけない一線を厳守してきた。自分のせいで犠牲者を一人も出したくなかったからだ。

アリスティドは何よりもフランチェスカのことを真剣に考えていた。

僕はフランチェスカを守るだろう。彼女が望むどんな自由も与えるつもりだ。僕のイメージを一新する方法を彼女に全面的に委ねたのも、彼女がそれを楽しんでいるように見えたからだ。

だが、絶対に一線は越えない。彼女が傷つくようなことはいっさいしない。

どんなに彼女を求めていても。

8

翌朝、目を覚ましたフランチェスカの頭の中は、いくつもの計画でいっぱいになっていた。そのうちのいくつかは我ながらすばらしく思えた。それは、アリスティドがヨーロッパの大都市で計画しているイベントの合間に、いくつかのチャリティ訪問を手配するというものだった。

写真撮影は彼が強く反対していたので見送るつもりだが、二人が慈善活動に熱心だという評判は広めなくてはならない。彼の評判を高めるために。

ほら、私は妥協できるでしょう？　少なくともその点に関しては。

とはいえ、私の計画の中には怪しいものも、より本質的なものもまじっている、とフランチェスカは思った。そして、本質的なものに関しては、妥協の余地はない。

フランチェスカは夫を誘惑しようとしていた。その面で未熟であるにもかかわらず。彼はそのことについて、仕事と遊びを混同していると非難したが、彼女からすれば、ばかげているとしか言いようがなかった。なぜなら、二人の結婚は仕事にほかならないからだ。愛し合っているように見せかけて、アリスティドが生まれ変わったと人々に思わせるという。

二人とも互いに惹かれ合っているのに、手を出さないというのは、まったく無意味に思えた。

これまでアリスティドは驚くほど多くの女性とベッドを共にしている。もう一人くらいそのリストに加わっても、なんの問題もないはずだ。それとも、一度も関係を持たない女をずっと妻にしておくつもりなの？

彼の母親は、息子を産んだあともずっと、ミロ・ボナパルトの家政婦として働いている。なんて理不尽な状況だろう。

フランチェスカはミロに会ったことがある。彼とアリスティドはまったく似ていなかった……。

そのとき突然、ヴェイルと二人でボナパルト邸に出向いたとき、お茶を出してくれた女性がアリスティドの母親だった可能性が高いことに気づいた。

ローマからミラノに至る旅の数日間、フランチェスカはそのことを考えていた。絵に描いたような完璧な妻を演じながら。

二人は腕を組んでさまざまなイベントに顔を出し、参加者の注目を集めた。けれど、フランチェスカは必要以上にべたべたせず、同僚に接するかのように彼が一定の距離をおくのを許し、彼を見守っていた。

メディア向けのキスをせがむこともなかった。そして、昔ながらのつつしみ深さを際立たせる服装を心がけた。アリスティドに聖人君子のようなオーラを与えたい一心で。

しかし、フランチェスカの努力の甲斐もなく、二人に対する世間の興味は薄れていった。人々の関心がヴェイルとカルリッツ王女に向いていたからだ。

「ピクニックだって？」アリスティドが顔を上げた。

彼はフランチェスカの知らない言語で書かれた新聞を読んでいた。彼は多くの言語に通じているが、そうした多才ぶりを隠したがった。

アリスティドは頭脳明晰で努力家だと、フランチェスカは知っていた。彼があえて兄と対照的な道を進もうとしていることも。それが、兄に負けるのを恐れてのことなのか、兄と競争したくないからなのかはわからなかった。

ただ、アリスティドに対するヴェイルの感情は常に怒りが中心だったが、兄に対するアリスティドの感情は心に負った傷からきていると推測していた。

けれど、今はそんなことはどうでもいい。フランチェスカは自分でつくったピクニックバスケットを手にしながら言った。「私たちは華やかなパーティに数えきれないくらい顔を出した。今度は、静かな場所でくつろぐ姿を見てもらうべきじゃないかしら。それには、コモ湖以上に適切な場所はないわ」

「だが、今夜は夕食会が控えている」

「ええ。でも、日中も私たちが一緒に過ごしていることを印象づけたいとは思わない？」

アリスティドはため息をついた。二人が一緒に行動することで恩恵を受けているはずの人間にしては、少々重いため息だった。

それでも、彼はコモ湖にフランチェスカを連れていった。彼女の頭の中にはすでにさまざまな情景が浮かんでいた。二人はおしゃべりに興じ、食べ、いちゃつく。アシスタントを通じて彼女が知らせたカメラマンがその写真を撮って……。

フランチェスカは先に立って進み、気に入った場所を見つけた。そこにきれいな毛布を広げ、真ん中にバスケットを置く。きっと美しく、のどかな写真が撮れるだろう。

その写真を完成させる夫を、フランチェスカは振り返った。彼はカジュアルな服を着ているにもかかわらず、表情は硬く、会議室にいるかのようだった。新妻とピクニックを楽しんでいるのではなく。

フランチェスカは彼に明るくほほ笑みかけ、彼の腕を取って毛布の上に座らせた。それからバスケットから食べ物を取り出し、彼に手渡した。何もかも独力で準備したので、特に凝った料理はないが、素朴で家庭的な雰囲気を醸し出せれば、それでよかった。願わくは、アリスティドの目には心を込めてつくったように見えてほしかった。

アリスティドは妻と一線を画し、二人の間では現実と虚構が交錯しているが、フランチェスカはすべてを現実にしたかった。彼女は彼の隣に座り、肩を寄せ合って木の幹にもたれた。

物事をよりよい方向へと導くには、入念に計画を立てて実践するしかなかった。目標に向かって一歩一歩着実に。そしていつの間にか、彼女の目標は本物の夫の獲得になっていた。

フランチェスカはアリスティドを見上げた。彼はしかめっ面こそしていないが、まっすぐ前を見ていた。これでは彼女がもくろむような写真は撮れない。

彼の築いた小さな壁を突き破る方法が一つだけあった。トラウマを利用してそれを突破するのは後ろめたいが、今はどんな手段もいとわないとフランチェスカは決めていた。

自分の態度ががあまりにも堅苦しいことを、アリスティドは自覚していた。フランチェスカがすぐそばにいることが、いっそう彼を頑（かたく）なにさせた。彼女がますます積極的になっていたからだ。親密さを演出することに、触れ合いに。ぴたりと体を寄せて。

フランチェスカはいつも、これが現実であるかのように振る舞った。ハネムーンの週と何も変わらないのに、彼女はすべてを現実のように感じさせた。彼に菓子を焼いたり、読んでいる本の話をしたり、泳いでいるときは常にそばにいてとせがんだりした。

しかし、何かが変わった。単純な楽しみから……理解へと。

アリスティドは彼女が父親に虐待されていたことを知った。ヴァレンティノが彼女に背を向けたことも。彼女が仮面をつけることは少なくなったうえ、彼は今では仮面の下のほとんどすべてを見ることができると思っていた。

そして彼は、自分の仮面の下にあるものを見透かされているのではないかと恐れていた。

最悪なのは、フランチェスカが、彼と一緒にいることを楽しんでいるらしいことだった。記憶にある限り、容姿や財力、肉体的な魅力とは無関係に、彼とのつき合いを純粋に楽しむ女性は、フランチェスカが初めてだった。

まるで親友のように。

まるでそれ以上の関係があるかのように。

フランチェスカはかわいらしいサンドレスで隣に座っていた。控えめな服だが、わずかに露出した小麦色の肌をもっと見たくなった。それどころか、触れたくて、味わいたくてたまらない。

「私のピクニックにお客さまが来るなんて初めてのことよ」彼女は突然、朗らかに告げた。

アリスティドは胸を締めつけられた。「いつも一人でピクニックをしていたのか？」

「実家の敷地内に、誰にも見つからない秘密の場所があったの。見つかると罰を受けるから、頻繁には行けなかったけれど。だから、父がしばらく留守にするとわかると、お菓子をこっそり持ち出して、どこか別の公園に行くふりをして、そこに行ったの」

フランチェスカはあたりの美しい景色を見渡した。ようやく夢が叶(かな)ったとでもいうように。

「フランチェスカ……」なんと悲惨な。彼女の少女時代の話を聞いていると、自分の抱えるトラウマが取るに足りないことのように思えた。

彼女は手元のサンドイッチに目を落とした。それは間違いなく彼女の手づくりだった。

「それが私の一人きりのピクニック」彼女は小さな、けれどしっかりとした声で言った。

「きみはなんて強い人なんだ。僕の小さな天使(ミオ・アンジョレッタ)、きみはすばらしい」

もうフランチェスカはその呼び名にいやな顔をすることはなかった。アリスティドがそう呼ぶと、顔をほころばせた。今と同じように。ということは、その呼び名を使うのはやめるべきだった。

アリスティドは彼女ともっと距離をおくつもりだったが、彼女が開花していくのを見る喜びは何ものにも代えがたかった。

毎日、フランチェスカは彼を危険な場所へといざない、彼の中で何かがどんどん大きくふくらんでいった。そして、それが根づかなければ、二人に災いが降りかかるとわかっていた。

誰かに心を寄せる――それがどういうことか、アリスティドは知っていた。喜びや親近感を覚えることが何をもたらすか。しかし、彼女はすべてを覆そうとしていた。

それがどこに行き着くか。アリスティドが人に提供できるもので、害を及ぼさないものは一つもない。彼は幼い頃にそのことを学び、長じてからも何かに執着しないよう用心していた。

そのため、こんな気持ちに――何かが欲しくてたまらない気持ちになったのは、久しぶりだった。

そして、その欲求を捨て去るのは至難の業だった。なぜなら、フランチェスカは彼の妻だからだ。

彼女がサンドイッチから顔を上げ、ほほ笑みかけた。その視線を彼の口元に据えて。

欲望の波が彼を襲った。だが、懸命に抵抗した。自分の欲望のために人を傷つけてはならない。アリスティドは自分にそう言い聞かせた。何度も何度も。

たとえフランチェスカが荒い息をしていても。

どんなに彼女に触れたくても。

「カメラマンが来たわ」彼女はささやき、彼の目を見つめた。

「すばらしい」そう応じたものの、アリスティドは動こうとしなかった。フランチェスカがこんなに近くにいて、じっと見つめられているときに、カメラマンのことなど気にしていられなかった。

彼女にキスをするのは屈服するに等しい。一線を越えてしまう。だから、彼はじっとしていた。

だが、フランチェスカは自ら唇を彼の口へと寄せてきた。彼を引きつける彼女の力はあまりにも大きく、彼の中で何かがひっくり返った。

もはやアリスティドの頭の中にあるのは彼女だけ、彼女の味だけだった。柔らかく甘い彼女の唇が彼の唇に重なった。しなやかな彼女の腕が首にまわされ、彼の体に溶けこんでいく。まるで彼女は彼のものであるかのように。彼へのすばらしい贈り物として。

フランチェスカは彼の欲望に火をつけ、震えあがらせた。どこかでカメラマンが見ているという意識だけが、彼を落ち着かせた。

彼女は目を見開き、とても満足そうに見えた。彼も満足したかったが、フランチェスカの腕が彼の肩から滑り落ちて食べ物に戻ったとき、彼はいやな気持ちになった。

そして、途方に暮れた。

9

コモ湖からの帰途、アリスティドの態度がとても冷たく、フランチェスカは再び彼と距離をおかざるをえなかった。そして数日間、慎重に、控えめな妻として過ごした。

とはいえ、自分の計画が裏目に出たとは考えていなかった。むしろうまくいっていると確信していた。こちらの期待ほどにはスムーズに進んでいないだけで。

アリスティドは彼女のことをすばらしいと称賛し、キスを受け入れた。その事実だけで、しばらくは生き延びることができた。

ニースに到着した二人は、ホテルではなく、アリスティドの所有する家に向かった。彼はロンドンにも家を持っていて、数週間後にはそちらに向かう手はずになっている。フランチェスカは今いるフランスこそが、彼に挑む最適な場所だと考えていた。

フランチェスカは彼に一日、落ち着く時間を与えた。アリスティドがまた彼女に心を開くように。

彼はフランチェスカに興味がないわけではないし、嫌っていたわけでもなかった。ただ、二人の結婚を本物にしたときに何が起こるか、危惧しているだけなのだ。その危惧は間違っている。

私はそのことを彼に知らしめる覚悟だった。ようやく自由の身になれたのに、自分が望むものを求めないのは、自分への冒涜になるからだ。

努力は苦にならなかった。実際、フランチェスカは目標や計画があるほうが落ち着くと感じていた。

そこで彼女はついに夫を誘惑した。

翌日の午後、フランチェスカは夫をプールに誘った。距離をおいているわりには、アリスティドが彼女の泳ぐ姿を見るのが好きなことを知っていた。

フランチェスカは夫のことを少しずつ理解するようになっていた。彼が世の中をどのように渡り歩いてきたか。彼がどんなふうに本当の自分を仮面の下に閉じこめてきたか。

同時に、フランチェスカは本当の自分を知り始めてもいた。昨夜は夕食をつくったが、サーモンを少し焼きすぎただけで、あとはうまくできた。水泳も続けていたし、本も熱心に読んでいた。そしてその合間に、アリスティドの評判を高めるためのイベントや小旅行を計画していた。

こんなにも自由で、こんなにもありのままの自分でいられるのは、大きな喜びだった。フランチェスカは彼にも同じ気分を味わわせたかった。だからアリスティドが彼女に抵抗しにくくなるよう仕向けるつもりだった。夫は私を求めていると確信していたからだ。

そのため、フランチェスカはあえて水着を身につけなかった。一糸まとわぬ体にカバーアップを羽織り、スイートルームを出た。

胸がどきどきした。もしこれでも彼に伝わらなかったら……。

でも、私はしなければならない。そうすれば、このすべての不安の向こう側に何があるのか、ついに知ることができる。

そして、アリスティドの評判が回復し、二人の間にある化学反応に従って行動を起こすよう彼を説得できれば、最終目標に行き着く。欲望が満たされるという感覚を、私は知ることができるのだ。

それから……どうなるの？

フランチェスカはその問いを振り払った。そんな先のことはどうでもいい。私には常に乗り越えるべき課題がある。間違いなく新たな課題が浮上するに違いない。試練がやってくる……。

彼女は、色彩と光にあふれ、開放的で風通しのよい家の中を進んでいった。アリスティドのセンスが気に入っていた。島の家もそうだが、彼は堅苦しい住まいを好まず、彼女の気分を明るくした。窓がたくさんあり、丘の奥まった場所に立つこの家は、どこにいても美しい景色が眼前に広がっていた。

フランチェスカは裏庭に向かった。プールは丘の端にあり、泳ぎながら下の湾を望むことができる。

彼女は午後の明るい陽光が照りつける戸外に足を踏み出した。波とサーフィンが好きだったので、本当はアンジュ湾で泳ぎたかったが、プライバシーが保たれない場所で人々から〝アンジョレッタ〟と呼びかけられるのはいやだった。

夫にそう呼ばれるたびにひそかな興奮を覚えたとしても、彼女は誰の天使でもなかった。

アリスティドはすでに出てきていて、真っ青なパラソルの下でノートパソコンのキーをたたいていた。

彼が仕事をしている姿はめったに見なかった。彼は秘密めかして仕事に打ちこむのが好きらしい。そんなところにさえ、フランチェスカは魅了された。安全を重要視する彼の慎重さが見て取れたからだ。

「アリスティド、あなたが何をする人なのか、私にはよくわからない」彼女は挨拶代わりに言った。

彼の目はいつものように彼女を追った。「実は僕自身、ほとんど知らないんだ」

もちろん、真っ赤な嘘だ。いずれは本当のことを聞き出せるはずだ。夫を誘惑するという目標を達成したあとで。

ほら、また新たな目標ができた。気をよくしたフランチェスカは、彼が座っている隣の椅子の前に立った。誘惑の瞬間はもっとあとにしてもよかったが、彼女は果敢に選択することで、人生を切り抜けてきた。迷い、二の足を踏むと、しばしば打撃を被った。

そこでフランチェスカは、下に水着をつけているかのように、臆することなくカバーアップを脱いだ。そして、生まれたままの姿を彼の目にさらした。

喉がつまりそうになったものの、なんでもないふりをするために、カバーアップを椅子の背もたれにかける。心臓が早鐘を打ち、緊張で手足が震えそうになったが、なんとか耐えた。

「何か忘れていないか、アンジョレッタ？」

フランチェスカは肩をすくめ、そのしぐさによって胸が上下するのを強く意識した。「裸で泳ぐのが好きだと言ったでしょう？」

「だが、きみは一人で泳ぎたいとも言った」

夫がとがめているのはわかったが、フランチェスカが彼から離れてプールに下りる階段へと向かう間も、彼の視線は彼女の体にへばりついていた。

「気が変わったの。遠慮なく一緒に来て」フランチェスカは最初の段に足を踏み入れた。「水は少し冷たいけれど、気持ちいいわ」彼女は急がなかった。どんなに神経が高ぶっていても。ゆっくりと、一歩ずつ水の中に入っていく。肌をちくちく刺激する冷たい水はある種の甘美な拷問のようだった。

そして全身に注がれるアリスティドの視線。その熱さ、重さに耐えられず、フランチェスカは彼から離れ、湾を見下ろせるプールの縁へと歩いた。

水が腰、へそ、胸を覆っていく。胸の頂が水の冷たさにびくんと跳ね、フランチェスカは息をのんだ。

もしこれらの場所すべてに彼が触れたら、どんな感じがするだろう？

いいえ、〝もし〟ではない。〝いつか必ず〟だ。なぜなら、アリスティドは私を求めているから。間違った思いこみを克服さえすれば、彼は必ず私の欲望に応えてくれるはずだ。

フランチェスカはしばらく彼を無視し、水が肌を撫でる感触を味わった。水中に潜り、水面に浮かぶたび、誰かに触れられているように感じた。

けれど、彼女の望みはただ一つ。身を起こし、髪を後ろに垂らしながら、アリスティドを捜す。だが、彼は服を着て椅子に座ったままだ。そして、拳を握りしめ、緊張と怒りに満ちた表情で彼女を見ていた。

その怒りをフランチェスカは理解したかった。なぜ私に欲望を抱くことに彼は腹を立てなければならないの？　自分の妻を欲しがらない男性がいるだろうか？

フランチェスカはいらだたしげに息を吐いた。アリスティドはいつまで座ったままでいるつもりだろう？

彼女は業を煮やし、プールの端から端まで泳ぎ、それから階段をのぼって水から上がり、ラウンジチェアの一つに座った。そして、彼を誘惑するためにまた別の計画を考えなければならないかもしれないと気を揉みながら、仰向けに横たわり、上空の明るい太陽に向かって目を閉じた。そのとき、プールサイドを歩く足音が耳を打った。

フランチェスカは急いで目を開けた。アリスティドがゆっくりと歩いてきて、彼女を見下ろした。

彼はとても近くにいた。けれど、手が届くほどではない。それでも、彼の視線が肌に突き刺さり、ちくちくして、フランチェスカの息遣いは荒くなった。

アリスティドは隣のラウンジチェアに腰を下ろした。彼女の手の届かないところに。

「アンジョレッタ、きみには触れない」

彼が〝小さな天使〟と呼ぶのが侮辱なのか称賛なのか、フランチェスカにはわからなかった。いずれにしても、いつの間にか彼にそう呼ばれるのが好きになっていた。

「だが、きみが自分の体に触れるのを止めはしないよ」

フランチェスカは、これまでの彼の人生で最も心を奪われた贈り物だった。すべてが光り輝き、黒い瞳に宿る暗い欲望はなんともなまめかしい。彼女に触れないよう手を膝の上に固定しておくには、ありったけの意志の力が必要だった。

特に、アリスティドの言葉に彼女が全身を感電したかのように震わせたときは。

フランチェスカは大きく目を見開き、頬を紅潮させながらも、恐る恐る胸のふくらみへと手を伸ばした。

セイレーンの呪い。

彼女は僕を死へと導いた。だが、それが問題になるのか？　まだ一線は越えていない。ぼやけ、今にも消えそうだが。

「よし、続けるんだ」アリスティドはうなずきながら促した。「きみが求めている快楽を自らの手で紡ぎ出すんだ」

げに身をよじった。しかし、彼女は逃げ出しもせず、彼に罵声を浴びせもしなかった。

明るい午後の日差しの中、フランチェスカは手を動かし始めた。彼女はやめないだろうと、アリスティドはなんとなく察していた。彼女の指が胸を撫で、硬くなった頂を親指で転がし始めるのを見ながら、彼は喉をごくりと鳴らした。彼女の指がなぞっているところに唇を押しつけたくてたまらなかったが、必死に自分を抑え、その場にとどまっていた。

ほどなく彼女の手は脚の付け根に伸びたが、そこで止まった。

「怖がるな、フランチェスカ。勇気を出せ。もしきみの指が僕の口だったら、僕はためらうことなくきみを味わう。たっぷり時間をかけて」

彼女の息は震え、アリスティドはその震えを自分の中に感じた。今や彼の体は熱く燃え、下腹部は鋼と化して痛いほどに脈動していた。

フランチェスカは再び手と指を動かし始めた。目を閉じることなく、妖精のような目でアリスティドを見つめながら。実際に触れなくても、彼は彼女の行為に加担していた。

彼女が身もだえを始めた。それはアリスティドが今まで見た中で最もエロティックで、最も美しい光景だった。

「アリスティド……」

フランチェスカがかすれた声で彼の名を口にした。その目は欲望にくすぶっている。アリスティドは突然、自分の手で彼女をのぼりつめさせたくなった。

「さあ、アンジョレッタ、自らを解放するんだ。今すぐに！」

そして、フランチェスカに悲鳴じみた声と共に、絶頂を迎えた。息をのみ、全身をピンクに染めたものの、けっして彼から目をそらさなかった。「アリスティド、あなたに触れさせて。私に触れて」

だが、彼は触れなかった。それでもフランチェスカは諦めない。ラウンジチェアの上に座り直し、必死に懇願した。

「お願い……アリスティド……」

結局、フランチェスカは彼を破滅させる力を持っていた。

彼女の懇願に、彼女の魅力に、アリスティドは屈した。彼女は彼が引いた一線を曖昧にするどころか、すっかり消し去った。

フランチェスカが目を潤ませてアリスティドに手を伸ばし、もう一度懇願の声をあげたとき、彼は彼女を受け入れた。

10

フランチェスカは自分の体が陽光でできているように感じた。熱と液体と夏が、もう自分のものではないはずの体の中で渦巻いていた。

すべてが彼のものであってほしかった。

夫はまた私を遠ざけるのではないかと思った瞬間があったが、杞憂に終わった。フランチェスカが手を伸ばすと、アリスティドはそれをつかんで引き寄せ、唇を重ねた。

そして、奪った。

容赦なくフランチェスカの唇を貪った。

彼のざらついた手のひらが腹部を覆うと、彼女は彼に向かって体を反らした。彼の唇が首筋に押しつけられたときには、今まで一度も出したことのない奇妙な声をあげた。まるで彼をあおるかのような動物じみた声だった。

彼のキス、甘噛み、巧みな愛撫——そのどれもが彼女に新しい世界を開示した。きらきらと輝く、広大無辺の世界を。しかし、フランチェスカはもっと欲しかった。激しい衝動に突き動かされ、アリスティドのシャツを頭から脱がし、彼の背中に爪を立てた。彼がうなり声をあげると、うれしくなって呆けたような笑い声をあげた。

彼女が自分の手で触れた場所に、彼が触れるまで。そして、たちまち陶然となり、再び絶頂への扉が開きかけた瞬間、アリスティドが手を離した。

今度は彼が笑う番だった。彼はその笑いをフランチェスカの脚の付け根に吹きこみ、彼女に新たな快感をもたらした。

彼女はずっと地上に縛られていたが、アリスティドはその縛りを断ち切り、彼女をめくるめく世界へと飛翔させたのだ。フランチェスカは痛いほどの快感と共に砕け散った。

はるかな高みから戻ってきたとき、彼女を見つめていた彼の目に、冷たいきらめきを認めた。その瞬間、彼がまた離れていくのではないかと思い、耐えられなくなった。やっとここまで来たのに……。

そこで、フランチェスカは恥も外聞もなく、彼に訴えた。「アリスティド、お願い」

彼が欲しくてたまらず、フランチェスカはズボンに手を伸ばした。彼は止めなかった。そして、彼女がウエストのボタンを外し、ファスナーを下ろすのを許した。

フランチェスカは下着の上から恭しく彼に触れた。こんなにも近くにいるのに、こんなにも距離を感じている男性の体に。アリスティドの最も親密な部分に触れ、その硬さと大きさと熱に驚いた。

とはいえ、何より大切なのは、二人が本物の夫婦になる道を見つけることだった。

「お願い」フランチェスカは再びささやき、彼の目を見つめた。そして、片方の腕をたくましい首にまわして続けた。「すべて見せて」

アリスティドはうなずき、生まれたままの姿になった。沈んだ声で何かつぶやいたが、彼女にはよく聞き取れなかった。

どこを見ても、ブロンズ色の肌と鋭いライン。アリスティドの体には怠惰なところはまったくなかった。エネルギーと強さに満ちていた。

そしてこの瞬間、すべて彼女のものだった。

アリスティドはラウンジチェアに彼女を横たえ、覆いかぶさった。彼の筋肉は張りつめ、目は獰猛(どうもう)な光を放っている。彼を受け入れるのは不可能な気がしたが、アリスティドは容赦なく彼女の脚を開き、欲望のあかしを沈めていった。

その瞬間、フランチェスカは空っぽだった自分が満たされたように思い、泣きたくなった。

「きみは美しい。完璧だ」

アリスティドがそうつぶやいたのは、彼女が固まり、呼吸を整えているときだった。動かなければ、とフランチェスカは思った。けれど、体が言うことを聞かない。

「きみは焦っている」彼は半ばおもしろがるような声で言った。「もうこれほどの快楽を見つけたというのに。幸い、僕は貪欲なんだ」

そう言って、アリスティドは動きだした。これが二人のすべてであり、これからもそうであるかのように。この融合こそが、フランチェスカが歩むべき道であるかのように。彼女は救いを求めて父親から逃げたのではなく、アリスティド・ボナパルトを見つけるために自由を求めたのだ。

「僕の小さな天使(ミオ・アンジョレッタ)」彼は彼女の肌に向かってつぶや

いた。彼女の奥深くまで自分の声が染み渡るように。

フランチェスカは天使になりたいとは思わなかったが、彼に望まれればなんにでもなる覚悟だった。守るために、大切にするために。こんなふうに愛し合うために。

星が彼女のまわりで爆発した。すでに喜びの頂点を極めたと思ったばかりなのに、もっと大きな喜びに、フランチェスカは身を震わせて嗚咽した。続いて彼が力のこもった最後の一突きで自らを解き放つと、無我夢中で彼を抱きしめた。

しばらくの間、二人は互いの腕の中で震えながらじっとしていた。フランチェスカは息を整え、渦巻く感情を整理して、自分を取り戻す必要があった。

けれど、そうする前に、アリスティドは彼女を腕の中に引きこんだ。そして抱き上げ、いくつもの部屋を通り抜け、色彩と光にあふれた部屋――彼の巨大な寝室に飛びこんだ。

アリスティドは彼女をベッドに横たえたが、その表情は何かに取りつかれているように見えた。

フランチェスカは首を横に振った。何かに取りつかれるのではなく、彼女が感じているものを彼にも感じてほしかったからだ。そう、自由を。

彼女はマットレスの上に膝をつき、手を伸ばしてアリスティドの顔を指でなぞった。彼は身をこわばらせて立っていた。まるで、絶対に取り乱すまいと決めているかのように。

彼の暗い目にはあまりにも多くの感情が映っていたが、フランチェスカが認めたのは恐怖だった。彼女はそれをなんとしても取り除いてやりたかった。

二人のために。

まるで崇拝されているようで、その喜びは、アリスティドの胸を真っ二つに割りそうなほど大きかった。一方で、この女性に崇拝されることの重みに耐えなくてはならないという責任感が芽生えていた。

フランチェスカの指先が彼の顔のすべての骨、すべてのラインをたどり始めた。ゆっくりと、恭しく。指は彼の首筋を伝い、胸筋に達して、優しく探るように撫でた。

さらに彼女の手が下に伸び、硬く張りつめた欲望のあかしを包みこんだとき、アリスティドは彼女の手首をしっかりと握って制した。

だが、フランチェスカは首を左右に振り、大きな瞳で彼を見上げた。「私にさせて」

そんなふうに懇願されたら、抵抗できるはずがない。アリスティドは彼女に、唇で欲望のあかしに触れるのを許した。彼にはとうてい値しない称賛と崇拝を込めて、フランチェスカは口唇による愛撫を続けた――彼が震え、限界に達する寸前まで。

アリスティドは再び手首を握ってフランチェスカを制し、すばやくベッドに押し倒すと、彼女の脚を開かせてその間に腰を据えた。

「もう一度、懇願してくれ」

彼は命令のつもりで言ったのだが、自分の耳にも切望にしか聞こえなかった。

「お願い、アリスティド」

彼女はフランチェスカ・カンポ、彼を救うために遣わされた天使だった。しかしこの瞬間、そんなことはどうでもよかった。再び彼女の中に我が身を沈めた今は。

フランチェスカは彼の下で身も世もなくもだえた。

アリスティドは彼女の胸に手を伸ばし、指を大きく広げた。きみのすべては僕のものだと言わんばかりに。フランチェスカも彼のリズムに合わせて激しく動いた。私はあなたのものよと言わんばかりに。

「さあ、続けるんだ。もっと早く、もっと激しく」

アリスティドは彼女の目を見て促した。「そして、自分で絶頂をつかむんだ」

その言葉に、フランチェスカはいっそう激しく腰を上下させ、はるかなる高みに向かって走りだした。

数分後、日が沈んで薄暗くなった部屋の中で、フランチェスカが彼の名を叫んだ。アリスティドも我を忘れて彼女の腰をつかみ、渾身(こんしん)の力で深々と彼女を貫いた。そしてほどなく訪れたクライマックスはあまりに強烈で輝かしく、彼は世界が二人のまわりで崩壊したのではないかと思った。

もはや体を支えることができなくなり、アリスティドは彼女の隣に倒れこんだ。

闇が部屋に満ちる中、二人の荒い息遣いだけがあたりに響いていた。やがて彼女の呼吸が落ち着き、彼の手を握りしめていた手から力が抜けた。

アリスティドも荒い息がおさまり、解放の情熱とエネルギーがゆっくりと体の中から抜けていくのを感じた。そのとたん、温かく心地のよいものは、恐ろしいパニックに取って代わられた。

すっかり油断していた……。

彼は自分を見失っていた。すべてはフランチェスカが、抗(あらが)いようのないセイレーンだからだ。普通なら、抵抗できなかった自分を責めることはないが、相手が彼女となると、自責の念に駆られた。

フランチェスカは、この先に何かがあるかもしれないと期待している。いつか二人が家庭を築き、幸せになれるかもしれない、と。二人の間の化学反応が愛に変わると。

だが、彼女がどんな夢を紡いでいようと、その夢は彼の残忍な手の中で砕け散ると、アリスティドは信じて疑わなかった。彼の場合、愛に関わるとろくなことがなかった。母親を救おうとしたときも、ヴァレンティノに真実を告げたときも。自分の両親の恐ろしい秘密を知って以降、アリスティドがしようとしたことはすべて、人を傷つける結果に終わった。

そして今、フランチェスカは僕に傷つけられるかもしれない危険な立場に追いこまれている。僕が避妊を怠ったために。僕は自分が何を望み、何を必要としているかを明確にしていたのに、彼女はほとんど気に留めず、自分が望むものをひたすら追い求めた。

もし子供ができたら……。

それは契約には含まれていないし、二人の間で話題にのぼったこともなかった。

こんなことは……けっして許されるべきではない。

何か手を打たなければ。

時には、花が咲く前に摘み取ることが唯一の解決策となる場合もある。

なぜなら、僕は父親になる資格を持たない男だからだ。

残念なことに。

11

フランチェスカはぱっと目を覚ました。いつの間にか眠ってしまったらしい。しわくちゃで見慣れない大きなベッドの上で。アリスティドがいなくなったのではないかと心配になり、半身を起こしたが、彼はすぐそこにいた。

安堵の波が胸に押し寄せた。アリスティドは逃げなかったのだ。

彼はフランチェスカに背を向け、窓辺に立って真珠のような夜明けを眺めていた。

彼女は再びベッドに横たわり、伸びをした。柔らかなシーツが素肌をこする感触を楽しんでいると、おなかが鳴った。きっとここで何か食べ、おなかが満たされたら、またお互いを喜ばせることができるに違いない。

アリスティドは頑なに拒絶していたのに……。

フランチェスカは彼に声をかけた。「ほら、そんなにひどいことじゃなかったでしょう?」

振り向いた彼のまなざしに熱はない。あるのは、彼女の心を凍りつかせる冷たさだけだった。

「欲しいものは手に入ったか、フランチェスカ? 今、きみは幸せか?」

「私は……」言葉が続かない。フランチェスカは本能的にシーツを喉元まで引っ張り上げた。彼の冷ややかな言葉とすさんだ表情から我が身を守るかのように。

「僕はけっして一線は越えないと言ったはずだ。その理由をきみは理解していた。そして、僕のためにきみのほうから一線を越えてくれた。なんて勇敢で優しいんだ」

「アリスティド……」皮肉たっぷりに言う夫に愕然とし、フランチェスカは絶句した。

「もし万が一、きみの大胆な誘惑が妊娠につながったとしても、僕たちは理性的に対処できるだろう」

妊娠!

フランチェスカは一瞬、心臓が止まった気がした。思いもしなかった方向から腹部にパンチが飛んできたようで、息をするのもままならない。彼女にできたのは、顔をゆがめることだけだった。

それにしても、一夜にしてよくもまあ、豹変できるものだ。フランチェスカはシーツを体に巻きつけ、身を起こして膝を立てた。「あなたにとっての〝理性的な対処〟とは具体的に何を指すの?」

「詳細をつめるために別の契約を結ぶつもりだ。願わくは、その必要がなくなればいい」

この予想だにしなかった展開の中で、彼女は自分が何を願えばいいのかわからなかった。ただ、今は適切な時期とは言えないが、子供は産みたいと思っていた。「私は……子供が欲しい。いつかは」

「僕にとって重要なのは、自分が何を望んでいるか、はっきりしているということだ」

彼の言ったことはすべて不当で、的外れもいいところで、フランチェスカは怒りに駆られた。「あなたの望みを話してくれるなら、それは重要になるかもしれない。正直に話してくれれば。いつも遠くから私を見ているのではなく、ちゃんと会話をしてくれたら。私はいつも、あなたが何を望んでいるのか理解しようとしていたのよ」

「ああ、わかるよ。僕はきみを見てきた。きみは僕を慎重に操り、きみが望んだとおりの場所へと僕を導いた。おめでとう。きみの勝ちだ」

負け惜しみのように言われ、フランチェスカは泣きたくなった。今にも涙があふれそうだったが、少女時代の悲劇の中で培われた意志の力でなんとかこらえた。「二人とも勝ったと思ったのに……」

「もしもう一度、同じような悪ふざけをしたら、ただちに離婚する。評判も契約もどうでもいい」

「悪ふざけ？」あまりにも残酷な言葉に、フランチェスカは笑うしかなかった。「私が無理やりあなたを誘惑したなんて、思いもしなかったわ。私がそんな力を持っていたなんて。バージンの私が」

「きみは僕に懇願した」

「そして、あなたは今まで一度も断ったことがないのだから、昨夜も断れなかった。何度もね。だから、やっぱり私のせいなのね？」

アリスティドの表情は氷のようだった。

何もかも彼女の責任だと言わんばかりの物言いに、フランチェスカは傷ついた。何か美しい物語が始まったと、昨夜は確信していた。ようやく獲得した自由がもたらす喜びの集大成だと。

なのに、アリスティドはその物語を、醜くて意地の悪い、利己的な物語に変えてしまったのだ。フランチェスカはシーツを胸に抱えたまま、まばたきで涙を押しとどめた。

昨夜は美しかった。だが、それこそがアリスティドの恐れていたものだったのだ。彼は二人の間に芽生えたものを恐れた。昨夜の情事は単なるセックスではなく、それ以上のものだったから。

アリスティドは単なるセックスしか望んでいなかった。だから、彼は傷ついたのだ。しかし、フランチェスカからすれば、こんなふうに扱われるのはあまりに理不尽に思えた。

「あなたは自分の負った傷を怒りに変えてしまう」フランチェスカは食ってかかった。「そしてそれを武器にして人を傷つける。さもないと、何が起こるかわからず、怖くてたまらないから」

「だとしたら、僕は何を恐れているというんだ？」

「誰かがあなたのことを気にかけてくれることをよ」そして、私はあなたのことを気にかけている。

フランチェスカは胸の内で言い添えた。あなたは私に新しい世界を授けてくれたから。私が望む自由を与えてくれたから。私を父から守ってくれたから。

けれど今、アリスティドはそれらを彼女から奪い取ろうとしているのだ。

彼はフランチェスカに歩み寄った。目に怒りの炎を燃やして。「そして、きみは自分が何を恐れているかわかるか？　誰かに支配されることだ。だからこそ、きみはすべてを操りたいんだ。そうすれば、欲しいものはなんでも手に入る。その結果がどうなろうとかまわない。だがいとしい人(カーラ)、僕はきみのような女に操られるつもりはない」

彼の指摘は骨身に染みた。先ほどまで抱いていた怒りが薄れるほどに。

なぜなら、フランチェスカは確かに彼を操っていたからだ。自分の望むものを手に入れるために。

そしてなぜか、すべてが台なしになった。

アリスティドは午前中を仕事に費やした。集中するのは容易ではなかったが、なんとかやり遂げた。ばかげた社交スケジュールの合間にやらなければならないことが多々あった。

今日は午後からチャリティ・イベントがあり、そのあとは夕食会が控えていた。

フランチェスカにこれらのイベントに出席するよう強要はしなかった。すぐには。新婚を理由に、もう少しイベントを絞ることもできる。もし彼女が妊娠しているとわかれば、さらにいくつか欠席の返事をすることもできた。

だが、アリスティドは妊娠の可能性について極力考えまいとしていた。なぜ昨夜、いつものように避妊に思いが至らなかったのか。

彼女の味、彼女の感触、あの至福のあえぎ声に、アリスティドはこれ以上悩まされたくなかった。

なのに、それらは頭の中に居座り、消し去ることができなかった。

動物保護施設に出発する十五分前、フランチェスカはきちんとした服装と化粧をして現れた。反抗的な態度をとるだろうというアリスティドの予想に反し、彼女は目を伏せ、寡黙だった。

すべてが昨夜と違っていた。これは反抗ではない。打ちひしがれているのだ。

今はそれでよかった。何かが、たとえば二人の間に恋愛感情が芽生える前の今は。僕たちはこの小さな嵐を乗り越え、最初の契約どおりビジネスライクな関係に戻らなくてはならない。

保護施設に向かう車中、フランチェスカは窓に顔を向け続け、沈黙を通した。だが、保護施設に到着し、彼の手を借りて車から降りた瞬間、温かな笑みを投げかけた。もちろん、夫にではなく、スタッフやボランティアに対して。

マネージャーの案内で施設の中を見てまわったあと、彼らは屋外のエリアに案内された。そこでは犬たちが駆けまわったり、ボランティアと遊んだり、日向ぼっこをしたりしていて、どの犬も楽しそうに見えた。

「最高の里親が見つかるまで、できる限り快適に過ごせるよう努めているんです」マネージャーが言った。「あなたの寛大な寄付は、私たちにとって大きな助けとなります」

「うれしいわ」フランチェスカは即座に応じた。

その声音は朗らかだが、口元はこわばっている。アリスティドは手を伸ばして彼女に触れ、元気づけたいと思ったものの、両手を握りしめてぐっとこらえた。

「私たちが最初に意気投合したきっかけはペットでした。子供の頃、二人ともペットが欲しかったのに、一度も飼ったことがないことがわかったんです」フランチェスカはマネージャーに言った。「それで、ペットを飼おうと決めたのだけれど、私たちのライフスタイルに合わせるにはどんなペットがいいか決めかねています。公私両面で旅をすることが多いので、私は猫のほうがいいと思っています。でも、アリスティドは犬が大好きなの」フランチェスカは施設を運営する女性に寄り添いながら、朗らかな笑顔で、少しいたずらっぽい口調で言った。

効果抜群の完璧な嘘。アリスティドは、あたかも妻が真実を話していると錯覚しそうになった。

実際は、ペットを飼う話など一度もしたことがなかったばかりか、彼女が犬を飼いたいと言っていたのをはっきりと覚えていた。

〝ずっと犬が欲しかったの。ばかばかしいほど大きな犬が。毛むくじゃらで、脳みそは少なければ少ないほどいい〟

アリスティドは妻をじっと見つめたが、無視された。彼女は猫と犬の品種について女性と話しこんでいる。動物たちに視線を移した彼は、ひっくり返ったボウルに向かって執拗にほえる犬に目を引かれた。ボランティアはその大型犬を無視している。いつものことだというように。

アリスティドはその犬に近づき、妻に手を振った。

「おいで、フランチェスカ。この子を見てくれ」

彼女は作り笑いをして夫のもとに行き、犬に向かってほほ笑んだ。それは心からの笑みに見えた。

「まさに僕がずっと欲しがっていた犬だ」そう言ってアリスティドは意味ありげな視線を彼女に投げかけた。

フランチェスカは息をのんで彼を見た。笑みは薄れたものの、ひざまずいて犬を撫でようとした。犬は一瞬、ボウルから目をそらして尻尾を振り、大きな舌で彼女の顔をなめた。

フランチェスカは手を伸ばし、ボウルをひっくり返した。「ほら、これでいいでしょう？　もう騒いじゃだめよ」犬の長い毛を梳きながら、優しく諭すように言う。

ところが、犬は前足を伸ばしてボウルを再びひっくり返し、ほえ始めた。

アリスティドは顔をしかめた。「間違いなく、脳みそより毛のほうが多いな」

犬からフランチェスカに視線を移すと、彼女は犬の脇腹に顔を押しつけた。

彼女の肩が震えた。一度だけ。

フランチェスカは犬の毛に顔をうずめて泣いていた。

12

その後の数週間、フランチェスカは完璧な妻を演じていたが、鬱々とした状況からなかなか抜け出せずにいた。それでも彼女は、彼にどんなイベントもキャンセルさせなかった。

二人の間に氷のように冷たい溝が存在していても。自分のせいで心が砕け散っていても。なぜなら、アリスティドが明確にしていた一線を、フランチェスカは自分の望みのために踏み越えてしまったからだ。だから、彼を憎むことさえできなかった。

二人はディナーや舞踏会に出席し、談笑し、仲のよい夫婦を演じた。メディアの論調も、彼らが思い描いたストーリーに傾き始めていた。

今朝、フランチェスカはあるくだらないゴシップサイトで〝天使は本当に悪魔を手なずけたのか?〟と題された記事を読んだばかりだった。

けれど、彼女は自分が天使だとは思えなかった。まるで抜け殻のようだった。ひどく落ちこんでいるときには、自分は牢獄から別の牢獄に移っただけだと自嘲した。とはいえ、どんなに胸が痛くても、ここなら安全だと自分に言い聞かせていた。

安全が保たれている限り、アリスティドを憎むことはできない。

もしこの氷河期さながらの冷たく恐ろしい関係へと二人を追いやった原因が自分にあるとしたら、私は自身を憎むしかない。そう考えると、なぜかフランチェスカ・ボナパルトになりきるのが容易になった。

二人の物語をでっちあげ、一緒に過ごさなければならない夜のために、彼女は偽の自分をつくりあげた。

今はもう、明るいうちは彼と一緒に過ごすことはない。プールや海で戯れるのはもちろん、食事さえ一緒にとることはなかった。

ロンドンに飛ぶ前、フランチェスカが朝食のテーブルに着いているとき、アリスティドが近づいてきた。料理はどれもおいしいはずなのに、なんの味もせず、彼女はまったく手をつけていなかった。

フランチェスカは妊娠の可能性については考えないようにしていた。それでも、完全に無視することはできなかった。彼はいつものようによそよそしく近づいてくるだけだとわかっていても、その姿を見ると胸がときめくのと同じく。

「少し休憩してから、島に帰る」彼は少し離れたところから、堅苦しい口調で妻に告げた。「きみを紹介してほしいと母が強く望んでいるんだ。放ってはおけない」

「そうね、わかったわ」フランチェスカはうなずいた。ロンドンではいくつか予定が決まっていたが、急な帰国は予定を変更するのに充分な理由になる。

彼は何か言いたげだったが、結局は背を向け、中庭に彼女を一人残して立ち去った。

独りぼっち。まさに私の居場所。

このままではいけないとフランチェスカは強く思った。こんな自己憐憫（じこれんびん）はばかげている。私は拒絶よりもっと悲惨な体験を乗り越えてきた。それにはたぶん意味があるはずだ。これまでは自分を哀れんでいる暇などなかった。傷ついたり、自分の不充分さや間違いを省みたりすることもなかった。

だから今、フランチェスカはそうした。ひどい状況の中で、自分の強さを見いだすために、いったん立ち止まる必要があった。

彼女は自室に戻って荷造りに取りかかった。アリスティドのスタッフが手伝いを申し出てくれたが、断った。彼女は何かするべきことを必要としていた。さもないと、彼のことばかり考えてしまうから。

ふいに腹部に痛みを感じ、フランチェスカは顔をしかめた。毎月訪れるあの痛みを。

フランチェスカは大きく息を吸い、気持ちを落ち着かせてからバスルームに入った。

これで一件落着。妊娠してはいなかったのだ……。

何度かまばたきをして涙がこぼれていることに気づき、フランチェスカは驚いた。どうして私は泣いているの？　私は何も失っていない。妊娠はおとぎ話の延長線上にある可能性にすぎないし、おとぎ話は私には向いていないのだから。生き残ることだけが私の望み。ほかのことはどうでもいい。

フランチェスカは顔を洗い、荷造りを終えると、空港へ向かう車の前でアリスティドと顔を合わせた。

彼は以前と変わらぬ熱心さで見つめてきたが、気づかないふりをした。ビジネスパートナーは相手の気持ちなど気にしない。二人の間には越えてはいけない一線があるのだから。

フライト中は読書に没頭するふりをした。空港から島までの車中では、精神的な疲労のせいですぐさま眠りに落ちた。

車が止まり、フランチェスカは目を開けた。彼の視線を感じたが、またも無視した。いつものようにアリスティドは車から降りる彼女に手を貸した。

太陽は邸宅の後ろに沈み、波音と潮風がフランチェスカを包みこんだ。帰ってきてほっとした。ここで過ごした一週間は幻想のように思えたが、楽しい幻想であることは否めなかった。

アリスティドの家に戻ったことで、彼女は胸が弾むのを感じた。ばかげた風見鶏や妙な彫刻。背景の波立つ海。思わずほほ笑みたくなる。まるで故郷に帰ってきた気がした。

だが、この家はフランチェスカのものではない。アリスティドが彼女のものでないのと同じく。そして、二人を結びつける赤ん坊もいなかった。

だから、彼女ははっきりと告げた。玄関に続く道の途中で彼を見つめて。「あなたが喜ぶニュースがあるの。私、妊娠していなかったわ」喉が締めつけられ、今にも窒息しそうだった。自分のおなかに赤ん坊がいなかったことが悲しくてたまらない。

アリスティドは何も言わなかった。ただじっと立っていた。子供は欲しくないと彼ははっきりと示していたから、慰められることはないとわかっていた。それでも、何か温かな言葉が欲しかった。

そのとき、ほえ声が聞こえ、横のドアから犬が飛び出してきた。リードを持ったスタッフが続く。

「きみへのプレゼントだ」アリスティドがぶっきらぼうに言った。

あの動物保護施設にいた、脳みそより毛が多い犬だ。フランチェスカはその愛らしい巨大な毛玉に飛びつきたくなったが、ぐっとこらえた。これが懐柔策、目くらましだとわかっていたからだ。

彼女は犬を無視し、夫の目を見た。「私はあなたが嫌い」そう言うと、脇目も振らずに玄関へと急いだ。そして中に入るなり、自室に閉じこもった。

怒りやいらだちを覚えたことを、アリスティドは歓迎した。罪悪感と心痛に苛まれるよりはずっとましだった。

僕は思いやりを示したのに、フランチェスカは腹を立てている。どういうことだ？

ひっくり返った食器に向かってほえ続ける犬など飼いたくなかったが、和解の意思表示としてわざわざ連れてきたのだ。なのに……。

〝私はあなたが嫌い〟

どう考えても、納得がいかなかった。とりわけ、ルカが毛むくじゃらの犬にリードをつけようと悪戦苦闘するのを見たときは。

フランチェスカは妊娠していなかったことに安堵

していいはずだ。喜ぶべきだろう。彼女の言動に困惑していなければ、僕もきっと喜んだに違いない。まったくもって、彼女の言動は意味不明だ。

「どういたしますか？」ルカが尋ねた

アリスティドは犬を見て顔をしかめ、リードを受け取ろうと手を伸ばした。「あとは僕に任せろ」

ルカはこれ幸いとばかりに、早足で立ち去った。

「おまえはフランチェスカのためにここに来た。わかっているな？」アリスティドは犬に向かってつぶやいた。「さあ、おいで」彼は言い、家に向かって歩きだした。

だが、犬は突っ伏して動こうとしなかった。アリスティドはリードを引っ張ったが、無駄だった。

「よし、だったら、逃げればいい。どうなっても知らないぞ」彼はリードを放しかけたところで思い直した。この駄犬が逃げ出して車にでも轢かれたりしたら、フランチェスカは僕をますます憎むに違いない。

だが、おまえが設けたルールをことごとく破った女、自分の欲しいものしか頭にない女に憎まれたところで、痛くもかゆくもないんじゃないか？　心の声が問う。

アリスティドはその声にしがみつこうとしたが、この間のフランチェスカの言葉がよみがえり、彼を揺さぶった。

〝あなたが何を望んでいるか私に話してくれるなら、それは大きな意味を持つでしょう。正直に話してくれるなら。いつも遠くから私を見ているのではなく、会話をしてくれるなら。私は、あなたが何を望んでいるのか、必死に理解しようとしてきたのよ〟

彼女はとても真剣な表情で、あからさまに傷ついた表情でそう言った。

アリスティドは自分の望みを彼女に知られたくなかった。だから、この話はしたくなかった。彼が欲しかったのは、目的を果たす妻だった。ビジネスでも私生活でも、彼はリスクを背負って生きてきた。だが、フランチェスカはそのリスクをすべて、致命的なものへと変えたのだ。

今、アリスティドはうれしそうに尻尾を振る犬に眉をひそめた。彼は最後にもう一度、リードを引っ張った。「どうか（プリーズ）」

すると、それが魔法の呪文だったかのように、犬は城に向かって走りだした。そのあまりの速さと勢いに、リードを放しそうになった。

アリスティドは慌てて追いかけたが、いざ家の中に入れようとすると、犬はいやがり、通用門を守る精巧なドラゴン像に向かってほえた。

また〝プリーズ〟を使ったが、今度はうまくいかなかった。結局アリスティドは、大きくて重い犬を抱きかかえた。

家の中に入り、犬を地面に下ろしたときには汗だくで、怒りに駆られていた。フランチェスカの部屋まで行って犬を放り投げてやろうかと思ったくらいに。

うめき声をあげながら犬を階段のほうへ連れていこうとしたとき、玄関のほうから声が聞こえてきた。母の声だ。

「おまえのせいで、今夜は何もかも無駄になった」

アリスティドは犬に向かってつぶやいた。そして、リードを外した。犬が悪さをしたら、フランチェスカが始末すればいい。

そして今、夕食のために彼女を連れてくる時間はなかった。彼女が応じるかどうかはわからないが。

アリスティドは玄関に向かった。

ヴェラがジネーヴラを出迎えていた。

「母さん」

彼がぎこちなく呼びかけると、ジネーヴラはいぶかしげに彼の髪を見やった。あのばか犬のせいで髪はくしゃくしゃになっていた。

犬はうれしそうに彼のあとをついてきて、今は足元で従順そうに座っている。主人にひれ伏すように。

ジネーヴラは目を輝かせた。「大きな犬ね」彼女は幸せそうなため息をついてひざまずき、寄ってきた犬を両手で撫(な)でた。「ペットを飼うことに反対しているのが、あなたのお父さんに対する私の唯一の不満なの。犬か猫を飼えたらいいのに」

ペットを飼えなかったことが唯一の後悔だって？　アリスティドにはとうてい理解できなかった。

「さっさと出ていけばよかったんだ」三十年以上も住んでいながら、ペットを飼うのも許されない家に居続ける必要があるのだろうか。

ジネーヴラは息子の言葉を無視して立ち上がり、あたりを見渡した。「あなたの花嫁はどこにいるのかしら？　まさかもう追い払ったとか？　いつものように？」

アリスティドは感情を抑えきれず、しかめっ面をした。なぜなら、フランチェスカが出ていくのは時間の問題のように思えたからだ。

「彼女は……具合が悪いんだ。もしよくなったら、ディナーに顔を見せるだろう」フランチェスカは公然と嘘(うそ)をつけるのに、なぜ僕はできないんだ？

「彼女に会ったときの印象では、何かに臆するような人には見えなかったけれど。もちろん、彼女があなたのお兄さんと結婚する予定だったときの話よ。一連の騒動はミロを慌てさせたけれど、私はすてきだと思う」

「フランチェスカに会ったことがあるのか？」

「ええ。ヴェイルが彼女をミロに紹介するために連れてきたときに」

ジネーヴラはそのとき、彼らの給仕をしていたに違いない。そのことになぜ打ちのめされたのか、アリスティドにはわからなかった。フランチェスカはどうしてそのことを言わなかったのだろう。お茶を運ぶ女性が僕の母親だと気づかなかったのだろうか。それとも、僕の心中をおもんぱかって、あえてそのことに触れなかったのか？

アリスティドは認めたくはなかったが、後者のほうがもっともらしく思えた。フランチェスカはどんなときも、同じ部屋にいる人たち全員の様子を把握していた。彼女は聡明だった。

「あなたがヴェイルとトラブルを起こすためにこんなことを仕組んだのかと思い、気を揉んでいたけれど、二人の写真を見たの。ピクニックの写真よ。あなたは幸せそうだった」ジネーヴラは手を伸ばし、息子の頬に触れた。「あんなに幸せそうなあなたを見るのは久しぶり。だから、夕食をとりながら、あなたが彼女との関係をどうやって台なしにしたのか、話してくれる？」

彼女はアリスティドの腕を取り、ダイニングルームへといざなった。ミロに気を遣ってめったに訪ねてこない母が今ここにいるのは、一にも二にもフランチェスカに会うためだと考えざるをえなかった。

どうやら母は僕を責めているらしい。

「彼女は僕に不満があるのだろう。だが、それは大した問題ではないし、僕の手に余るものでもない」アリスティドはそう言いながら、母親のために椅子を引いた。

ジネーヴラは腰を下ろし、息子が席に着くまで待って、母親そのもののまなざしを注いだ。「あなたがどれだけフランチェスカを必要としているか、はっきりと彼女に伝えるべきよ」

「なんだって？　もう一度言ってくれ」アリスティドは目をむいて言った。

「あなたは自立しすぎている。もし自分が必要とされていなかったら、妻の立つ瀬はないわ」

「女性は自分らしくあり続けるべきだ。誰かに縛られるのではなく」アリスティドは歯を食いしばって反論した。彼が母親に望んだのはそれだけだった。そして、彼がそのチャンスを何度も与えたのに、母親は一度もつかもうとしなかった。

ジネーヴラは目を丸くした。「あなたが私を必要としていないのは知っているけれど、フランチェスカのことは必要としているし、彼女もそれを知っているんじゃないかしら。そして、知っているとしたら、あなたの母親である私に会いに来るでしょう。部屋に隠れていないで」

アリスティドは首を横に振った。「僕は母さんを必要としていた」

母は笑った。「いいえ、あなたは私を必要としていないと態度ではっきりと示していた。実際、私のキッチンでは、ヴァレンティノのほうがあなたより熱心な生徒だった」

「彼には彼の母親がいる」

「そして、あなたにもね」

アリスティドは何かにつけて父親を責めたが、おそらくそれが理由で、母親はめったに息子の家に来なかったに違いない。わかっていながら、アリスティドにはどうすることもできなかった。「僕は……母さんにすべてを与えようとしてきた」

「ええ、確かに。でも、私は一人で住む家なんて欲しくない。ミロと一緒にいたい。彼は私を必要としている。もし私があなたのお父さんの面倒を見ていなかったら、私はどうしていたかしら？　もちろん、あなたの世話はしない。あなたがそれを許すはずないから」

「どうして母さんは自分の面倒を見るだけでは気がすまないんだ？　ただ自分の人生を楽しむことはできないのか？」

「何を楽しめばいいの？」

アリスティドはかぶりを振った。僕は母のことさえ理解できないらしい。もちろん、ミロも、ヴァレンティノも、妻のことも。僕はたぶん、自分の周囲にいる人たちを理解できないほど異質な存在なのだ。

フランチェスカのことを理解していると思っていた時期もあった。体の関係を持つ前だ。いや、もう二度と抱かないと彼女に言う前だ。

「あなたは彼女を愛しているんでしょう？」

母の優しくて訳知りの言い方が癇に障った。母がミロを愛している様子が伝わってきたからだ。

「愛は寄生虫だ」その言葉が口から出ると同時に、彼の脳裏をフランチェスカの顔がよぎった。

アリスティドは彼女に必要とされたくなかったし、彼女を必要としたくもなかった。なのに、フランチェスカのことを考えると、胸が締めつけられた。

ジネーヴラは満面に寛容の笑みをたたえた。「それは質問の答えになっていないわ、アリスティド」

13

フランチェスカは三日間、自室から出ようとしなかった。その間、犬がまだいるかどうか確かめたくなったり、泳ぎに行きたくなったりした。また、アリスティドに尋ねたくなった。夕食やイベントに二人で出かけないのなら、あるいは彼の母親に引き合わせないのなら、なぜこの家に帰ってきたのか、と。

彼女はしかたなく、眠り、好きなものを食べて飲むことに専念し、ベッドからほとんど出なかった。けれど二日目には暇を持て余し、読書にふけった。本の中ですばらしい恋愛に出合うと気分がよくなったが、せいぜい数分しか続かなかった。いくら小説を読んだところで、つらい現実が消えてなくなるわけではない。

　そのことに気づくなり、彼女はシャワーを浴び、服を着て部屋を出た。現実を直視し、自分が進むべき道を決めなければならなかった。自由の身になったとはいえ、責任がまったくないわけではない。

　フランチェスカはアリスティドに腹を立てる一方で、自分が過ちを犯したこともわかっていた。自由を謳歌（おうか）するあまり、自分の望みだけを考えてアリスティドを操ろうとしていたのだ。それが彼女が生き残る方法だったからだ。

　だから謝らなければならなかった。

　フランチェスカは、彼に何を言うべきか、海辺を散歩しながら考えようと決めた。しかし、砂浜に足を踏み入れた瞬間、遠くに夫の姿を発見し、頭の中が真っ白になった。アリスティドは彼女に背中を向けていた。上半身裸で、黒っぽい水着を身につけている。すぐそばには、彼女への贈り物がいた。

「待て」アリスティドが犬に命じた。「どうか（プリーズ）」

　すると、犬は座った状態からごろりと横たわった。アリスティドはゆっくりと犬から離れ始めた。犬は尻尾を激しく振って鳴き始めたが、その場にとどまっていた。

　あるところまで歩き、アリスティドは足を止めた。そして少し振り返った。その拍子に彼の横顔が見えた。その唇に笑みが宿っているのを見て、フランチェスカは胸がいっぱいになった。

「さあ、来い」アリスティドが言うなり、犬は立ち上がり、彼に向かっていった。彼は砂浜にひざまずき、うれしそうに駆け寄ってきた犬を抱き止めた。

　フランチェスカは凍りついたように立ちすくみ、一部始終を見ていた。そして、そのとき悟った、本当の問題はなんなのか。

　これまでずっと、その日その日を乗りきるために、彼女は自らつくりあげたファンタジーを自分に信じこませてきた。あるいは、過酷な現実に打ちのめされないよう、夢を見つけてはそれに手を伸ばしてきた。

けれど、これはファンタジーでも夢でもなかった。フランチェスカは彼を愛していたのだ。単なる欲望でも関心でもなく、本物の愛。それこそが、彼女が悩まされてきたひどい息苦しさの正体なのだ。

最初の一週間、アリスティドは、誰も与えてくれなかったものを私に与えた。自分の願望や欲望を認め、それを叶えるだけでなく、自由を得た大人としての自分を見つめるチャンスを。

そして、そうすることで、私は彼を大人の男性として見るようになった。彼には確かに無謀な面があるけれど、優しく、強く、気高い。彼が自分自身をどう見ているかは別として。

だから、彼に恋をしたのだ。その結果、私は苦しむ羽目に陥った。なぜなら、彼は私のことを寄生虫としか見ないだろうから。たとえ私に恋をしていたとしても。

そう、二人の物語にハッピーエンドはない。今までも、これからも。

そのとき突然、何か気配を感じたかのように、アリスティドが振り向いた。そして、視界の隅に妻の姿をとらえたに違いない。二人は長い間、ただ見つめ合っていた。広大な砂浜を挟んで。

フランチェスカは彼に駆け寄りたかった。同時に逃げたかった。だが、どちらもできなかった。

ほどなくアリスティドは彼女に向かって歩きだした。犬は命令されたかのようにじっとしている。一メートル手前で足を止めると、彼はフランチェスカを上から下まで眺めた。今の彼女はカジュアルなパンツにTシャツといういでたちで、足元はスニーカーだった。

「泳ぐ格好じゃないな」

フランチェスカは打ち寄せる波のほうに目をやった。「ええ、泳ぐ気分じゃないの」なぜなら、泳ぎさえ、彼から与えられたもののように感じたからだ。優しさ、水泳、料理教室、今遠くでほえている犬と同じく。

フランチェスカは尋ねた。「どうしてあなたは私が欲しいものを与えようとするの？　あなたが私を必要としていないのは明らかなのに。少なくとも、あなたは私を欲しがってはいない」

彼はしばしの沈黙のあと、おもむろに低い声で話し始めた。「僕はある種の妻を必要とした。そして妻は人間であり、クローゼットにしまっておける道具ではない」

「つまり、妻に報酬を与えているわけ？」それは気がめいるような答えだった。彼が示してくれたあらゆる気遣いは代価にすぎなかったのだ。

アリスティドは眉根を寄せた。「まあ、そうだ」

その微妙な同意の仕方から、彼は実際には同意していないらしいと、フランチェスカは察した。とはいえ、そんなことはどうでもよかった。彼女には言いたいことがあったし、それをやり遂げる必要があった。まだ、その心構えはできていなかったが。

フランチェスカは顎をぐいと上げ、真っ向から彼の視線を受け止めた。「あなたがロンドンへ行く間、私はここに残っていたい。この際、外出は控えてもいいんじゃない？　そうすれば、あなたは仕事に集中できるもの。それが結婚の自然な流れじゃないかしら。私も仕事があるように見せるため、何か慈善活動にいそしむわ。もちろん、大きなイベントがあれば、同行するけれど」

アリスティドは何も言わず、困惑顔で彼女をじっと見ている、だからフランチェスカは続けた。すべてを吐き出す必要があった。

「それから……謝りたいの」

困惑顔が完全なしかめっ面に変わった。「何に対して？」

「私はあなたにあれこれ強いるべきではなかった。あなたの言うとおり、私はあなたを操った。そして、もう私たちは対立する必要はない。私はあなたと距離をおき、本来あるべき姿に――契約に基づく取り引きに戻るつもりよ」

　彼女は無理やりほほ笑んだ。心で泣きながら。

「じゃあ、また明日」フランチェスカは彼の横を通り過ぎ、犬のほうへ歩いていった。「このプレゼントは受け取るわ。ほら、おいで」

　犬はすぐさま駆け寄ってきて、歩きだしたフランチェスカのまわりを飛び跳ねた。

　彼女はあてどもなく砂浜を歩き続けた。涙が涸れるまで。

　犬は当然のことながら、アリスティドを一顧だにせず、フランチェスカの命令に従った。

　まあ、従順になったのは僕のしつけが功を奏したからに違いない。彼女はあとで僕に感謝するべきだ。

　いつ？　彼女はロンドンには行かないと言ったんじゃなかったか？　内なる声が嘲った。

　アリスティドは、爆弾が胸の中で爆発したかのように呆然と立ちつくし、彼女と犬の姿がどんどん小さくなっていくのを見送っていた。

　これは理想的な展開だ。そうだろう？　彼女も言っていたように、距離をおけば最初の状態に戻れるはずだ。気楽な友人関係に？　いや、違う。フランチェスカは〝契約に基づく取り引き〟と言ったが、そんなふうに表現するのは好ましくない。

　まあ、どう呼ばれようとかまわない。ビジネスライクな関係に戻れれば、それでいい。

　だが、その日のランチにもディナーにも彼女は姿を見せなかった。スタッフに声をかけさせたにもかかわらず。ばつが悪そうに戻ってきたスタッフによれば、ダイニングルームだと犬の行儀が悪くなるので、自室で食べるとのことだった。

翌日、アリスティドは浜辺で犬を散歩させているフランチェスカと会えるのではないかと期待していた。だが、あては外れた。

彼女はまだ僕に怒っていて、顔を合わせたくないのだ、とアリスティドは決めつけた。

だが、彼は思い出した。フランチェスカが怒っていないと言っていたことを。疲れ果てた様子でやってきて、言わば休戦協定を申し出た彼女に、アリスティドはどう対処すればいいかわからなかった。

彼女は謝罪さえしたのに、まだ僕を避けている。

ここは僕の家で、フランチェスカは僕の妻だ。避けられ続けるのを我慢する必要はないし、スタッフをメッセンジャーとして使う必要もない。

そう思うなり、アリスティドは夕食を中断して立ち上がり、妻の部屋に向かった。そしてドアをノックした。必要以上に力を込めて。そのことに気づくや、彼は落ち着くよう自分に言い聞かせた。

部屋のドアが開き、フランチェスカが顔をのぞかせた。平静を装っているつもりなのだろうが、その暗いまなざしには怯（おび）えと疑惑があった。

彼女はドアを大きく開けたが、ドアノブから手を離さなかった。いつでもドアを閉められるとでもいうように。犬は暖炉の前で丸くなっていた。

その光景のすべてが心地よかった。彼女が着ているものも含めて。柔らかな素材でできた部屋着はいかにもくつろいだ感じで、アリスティドはそれを脱がしたい衝動に駆られ、急いでポケットに手を突っこんだ。

「明日の朝、ロンドンに行くことを伝えに来た」彼は硬い声で言った。

フランチェスカはほほ笑んだものの、温かみは感じられなかった。

「そう。すてきな旅になるといいわね」

「できれば、週末に開かれる資金集めのパーティには参加してもらいたい」

彼女はドアノブを握ったままうなずいた。「ええ、もちろん」

「ナショナル・ギャラリーに行ったことは？」

「残念ながら、まだないわ」

「だったら、パーティの翌日、一緒に行こう」

「写真を撮らせるために？」

まさにそれが狙いだった。だがアリスティドはうなずく寸前で思いとどまった。目の前の光景の何かが、彼にその一部でありたいと思わせた。「必ずしもその必要はない」

「だったら、わざわざ忙しいあなたに案内してもらう必要はないわ」フランチェスカは穏やかな笑みを浮かべた。「大丈夫、一人で行けるから」

「きみ一人で美術館や博物館を巡ったりしたら、僕たちのイメージに傷がつく恐れがある」

フランチェスカは考えこむような表情でうなずいた。「だったら、また別の機会にするわ」

僕と一緒に行くくらいなら、行かないほうがましだと思っているのだろう。いったい、あの謝罪はなんだったんだ？　まったくわけがわからない。アリスティドは怒りを覚えた。

「ほかに何か？」

そう尋ねるフランチェスカの目を見て、アリスティドは彼女が何を望んでいるか、はっきりと理解した。僕に早く立ち去ってほしいのだ。

「僕が発つ前に一緒に朝食をとろう」

フランチェスカは焚き火の前でのんびりしている犬を振り返った。「リボリオはまだテーブルマナーを学んでいるところよ」顔に笑みを張りつけて彼に視線を戻す。「朝食を一緒にとるのはあなたが戻ってきたときにしましょう」

愚にもつかない言い訳だった。そもそも犬と一緒に食事をする必要はないのだから。アリスティドはそれを指摘することもできた。実際、作り笑いの下に弱さのようなものが見えなければ、そうしただろう。「あの駄犬にそんな名前が本当にふさわしいと思っているのか？」

ほんの一瞬、アリスティドは妻の目に怒りのひらめきを認めた。彼はそれを歓迎した。なぜなら、それは二人が一線を越えてすべてが複雑になる前の、まだ互いに駆け引きを楽しんでいた頃のフランチェスカを彷彿とさせたからだ。

彼の問いには答えず、フランチェスカはあとずさりした。「おやすみなさい、アリスティド」

そしてドアを閉めた。夫の鼻先で。

14

アリスティドがロンドンへと発ったあと、フランチェスカはもっぱらリボリオの訓練に打ちこんだ。リボリオは確かに手のかかる子だった。しかし、彼女に孤独を感じさせないという点では、すばらしい犬だった。

フランチェスカは、アリスティドのいない城がどんなに空虚かは考えまいとした。その代わり、自分用の〝やるべきことリスト〟の作成に集中し、手始めにアリスティドの慈善活動について調べた。

かつて彼女は父親の慈善活動を管理していたが、アリスティドにはそのためのスタッフがいた。本当はその一部を引き継ぐべきかもしれないが、今はまだ彼の生活に介入するには力不足だと感じていた。

でも、自分にもできることを何か見つけなければならない。そう思って彼の慈善活動をさらに掘り下げようとしたとき、ルカがやってきた。

「お電話です、シニョーラ・ボナパルト」

フランチェスカは目をしばたたいた。〝シニョーラ・ボナパルト〟と呼ばれることにはだいぶ慣れたが、誰かが彼女宛てに電話をかけてきたという事実に違和感を覚えた。携帯電話ではなく、この家の電話にかけてくる人など、一人も思いつかなかった。アリスティドを除いては。

そう思ったとたん、かすかな希望を抱いて、恐る恐る電話に手を伸ばした。「もしもし？」

「こんにちは、フランチェスカ。私はジネーヴラ、アリスティドの母よ」

「まあ……」それしか言葉が出てこなかった。数日前のディナーにも顔を出していないのに、なぜ夫の母親が電話をかけてきたのかわからない。

「今日の午後、時間があったら、お茶に来ない？あなたのことを知りたいの」

「まあ……」またしても、フランチェスカはそれしか言えなかった。

「もしよかったら、犬も連れてきて」

フランチェスカは仰向けに寝ているリボリオを見下ろした。「私は……」ミロの家には行きたくなかった。もう一度、仮病を使おうか。

「では、二時に会いましょう」ジネーヴラは朗らかに言い、電話を切った。

もはや行くしかない。フランチェスカは覚悟を決めた。化粧を少し直してから、リボリオのリードを探す。今出れば、ボナパルト邸まで歩いていける。散歩をすれば少しは落ち着くだろうし、ジネーヴラにどう話せばいいのか、そのヒントも得られるだろう。彼女は二つの期待を胸にアリスティド邸を出た。

あちこち道草をしたがるリボリオを叱りつけながら、島を横断する。夏の暑さは和らぎ、秋が訪れつつあった。

到着したとき、古典的な美しさと歴史を持つボナパルト邸に、少しも親近感が湧かなかった。アリスティドの家とはまったく趣が異なり、冷たい感じがした。

傾斜した庭をのぼり、正面玄関に向かう。ドアは大きく開いていて、その傍らに女性が立っていた。ジネーヴラだ。人なつっこいリボリオはすぐさまうれしそうにほえ始めた。

フランチェスカはリードをしっかりと握りながら礼儀正しい笑みを浮かべ、アリスティドの母親に近づいた。ボナパルト姓ではないだろうから、なんと呼びかけていいかわからない。

ジネーヴラは笑みを返した。「また会えてうれしいわ、フランチェスカ。遠慮せずに〝ジネーヴラ〟と呼んでね」

「アリスティドはロンドンにいて、あなたは島に残っていると聞いて、息子に邪魔されずに義理の娘に会う絶好の機会だと思ったの」彼女はうるさくつきまとうリボリオに合わせてひざまずいた。「そしてまたこの子に会えてうれしいわ」

「アリスティドがこの子を選んだんです」

ジネーヴラは上体を少し反らし、フランチェスカをしげしげと眺めてから言った。「さあ、中に入って。ミロは本土にいるし、時間はたっぷりあるから、おいしいお茶を飲んで一緒に過ごすにはぴったりの日だと思ったの」

「リボリオは外につないでおきましょうか？」

「いいえ、中に入れて。リボリオ――気のきいた名前ね」

フランチェスカは義母のあとについて家の中に入った。豪華な玄関に、さらに豪華なリビングルーム。

古い美術品や年代物の家具があちこちに置かれ、どこも手入れは行き届いている。けれど、暗く堅苦しくて、威圧的だった。

しかし、通されたキッチン脇の小部屋は明るくカラフルで、アリスティドの趣味に通じるものがあった。

ミロに対するジネーヴラの愛情を、アリスティドは〝寄生虫〟というひどい言葉で語っていたが、フランチェスカも、ジネーヴラがなぜこの家にとどまっているのか理解できなかった。この明るい部屋は、ミロという闇の中で唯一の光を放つジネーヴラを象徴しているように思えた。

「さあ、座って、くつろいで」ジネーヴラはほほ笑みながら、サンドイッチや小さなケーキや花柄のティーポットが並んでいるテーブルを指さした。

フランチェスカは席に着くと、リボリオに座るよう命じた。そしてジネーヴラがワインをついでいる間、弁解がましく言った。「この間はお会いできなくて残念でした。体調が悪くて……」

「あなたはアリスティドと喧嘩をしていたのよね？　私だって、あんな状態の彼とは一緒に食事をしたくないわ」

アリスティドは母親に、私と喧嘩をしていると言ったのかしら？　フランチェスカはいぶかった。

「もちろん、息子からすべてを聞き出すことはできなかったけれど」ジネーヴラは手を振りながら続けた。「彼は十三歳のときから、あまり話をしてくれなくなったの」

十三歳……。アリスティドが実の父親が誰か知ったときだ。そして親友だったヴェイルに絶縁されたとき。

「でも今回は、何が悪かったのか話したがらなかったというより、自分が何を間違えたかわからなかったから、話せなかった、というのが真相かも」

「彼は何も悪いことはしていません」フランチェスカは視線を自分の手に落とした。

「あなたがそのことを話したくないのなら、話す必要はないのよ。ただ私は知っているの、アリスティドがいかに心を閉ざしているか、この島でいかに孤立しているか。そのことをあなたに知ってほしかった。私が本当に息子のことを理解しているかどうかはわからないけれど、ほかの誰よりも理解していると思っているの。息子は演技が上手なので、多くの人が彼を誤解している。彼の父親のように」

ジネーヴラは、フランチェスカの知る限り、ミロ・ボナパルトのことをほほ笑んで口にした唯一の人物だった。

「私は、アリスティドはシニョール・ボナパルトよりあなたやヴェイルに似ていると思います」

ジネーヴラは首をかしげ、フランチェスカをじっと見た。それから、二つの皿に菓子を取り分け、一つをフランチェスカの前に置いた。

「そう言ってもらえてうれしいわ。私もずっとそう思っていたけれど、アリスティドは仮面をかぶるのが得意なの」

ジネーヴラはサンドイッチを一口食べた。彼女の視線はしばらく犬に注がれていたが、やがてフランチェスカに移った。

「あなたもね。ヴェイルと一緒にいた頃とはずいぶん違う」

ジネーヴラの口調は辛辣ではなかったが、それでも胸に突き刺さった。フランチェスカはたった一日のうちに、花婿を変えたのだ。兄から弟に。

「もちろん、ヴェイルは私の息子ではないけれど、実の息子のように面倒を見てきた。だけど、あなたが兄から弟に乗り換えたことを恨んではいない。たいていの人は状況を見て簡単に判断するけれど、私はむやみに判断しない主義なの」

フランチェスカはこの女性のことをよく知らなかったので、真実を――兄弟のどちらと結婚してもいいと思った理由を、話す気にはなれなかった。

「今週初めに息子と食事をしたとき、彼が若かった頃のことを思い出したわ。ヴェイルと喧嘩をしたときのことを。アリスティドは反応するのは得意だけれど、理解するのは必ずしも得意じゃないの。それが――理解の欠如が私たち親子の問題なんだと思う。彼は私がなぜミロのもとにとどまっているのか理解していない。私にとって誰かに必要とされることがどういう意味を持つか、わかっていない。彼は誰からも必要とされない人生を築いてきたから」

ジネーヴラはテーブルの向こうに手を伸ばし、フランチェスカの手を取った。

「あなたが彼を幸せにしてくれるなら、私は本当にうれしいわ」

フランチェスカはジネーヴラの黒い瞳をのぞきこんだ。「私が彼を必要とすることで？」

ジネーヴラはうなずいた。

しかし、フランチェスカをむしばむ恐ろしい感情は〝必要性〟ではなかった。彼女はアリスティドを必要としていたのではなく、求めていた。彼との間になんらかの絆（きずな）が欲しかった。けっして途切れることのない絆が。ただ必要とされるだけの女にはなりたくなかった。

だからといって、ジネーヴラを批判するつもりはない。あのいやな男の中にも、彼女が彼のために働こうという気持ちにさせる何かが存在するのだろうから。けれど、フランチェスカはそれを愛とは呼べなかった。子供をもうけた女性を家政婦として扱い続ける男、なんの発言権も存在意義も与えない男が、愛の対象になるとは、とうてい思えなかった。

「でも、私はアリスティドを必要としていないし、彼も私を必要としていません」フランチェスカは申し訳なさそうに続けた。「今の私たちの関係は……パートナーシップなんです。愛とか必要性とかで結ばれているのではなく」

ジネーヴラはフランチェスカの手を握ったまま言った。「でも、やり直すこともできるんじゃないかしら。お互いに心を開き、これまでの過ちを許し合えば」

そうは思えなかった。過ちを許すことはできても、彼が変わらない限り、愛し合う本物の夫婦にはなれない。なぜなら、アリスティドは愛を恐れているから。私の愛が彼にもたらすものが気に入らないから。だから、二人は仮面夫婦を演じ続ける道を選んだのだ。

この話を続ける気になれず、フランチェスカは曖昧にほほ笑んで、話題を変えた。犬や天気やこの家の内装のことに。そして、義理の母とおいしいお茶を飲み、当たり障りのない話で盛り上がった。おしゃべりが一段落してフランチェスカが立ち上がると、ジネーヴラに抱きしめられた。

「今日はお招きいただき、ありがとうございました」フランチェスカは心から言った。

ジネーヴラは抱擁を解いた。「私はずっと娘が欲しいと思っていたの。こうして毎週のようにお茶を飲む時間が持てるなら、これ以上の喜びはないわ。アリスティドやミロとは関係なく、私はあなたと友だちになりたいの、フランチェスカ」

フランチェスカは胸を締めつけられた。誰かと友だちになれると思うと、うれしくてたまらない。たとえ愛に関して意見を異にする相手であっても。

そのとき、何かの啓示のようにリボリオが満足げな鳴き声をあげた。「ええ、私もあなたと友情を育みたいと思います。リボリオも喜ぶでしょう」

アリスティドはロンドンのアパートメントの広々

としたリビングルームを歩きまわっていた。この家はモダンで、ヴァレンティノの堅苦しい豪邸とは真逆だった。あえて兄との違いを強調したかったのだ。何かを証明するかのように。

だが、フランチェスカのせいで自暴自棄になり、痛めつけられながらも、彼女がやってくるのを待ちわびているこのとき、アリスティドははっきりと悟った。この二十年間、僕は兄の注意を引こうとしていたのだ、と。

そして、人生からミロをほぼ抹消した今、自分がヴァレンティノに何を望んでいるのか、どんな関係を兄と築きたいのか、わからなかった。今となっては、このアパートメントも彼になんの喜びももたらさなかった。

そのいらだちをフランチェスカにぶつけたかった。もし彼女に、あなたは自分の望みを隠していると非難されなかったら、こんな惨めな気持ちにはならなかっただろう。つまるところ、この苦しみ、混乱、むなしさはすべて彼女のせいなのだ。

フランチェスカはここに来ると約束したのに、まだ姿を見せない。遅刻は怒りをさらにあおった。

これは確かに怒りであって、けっして恐怖ではない。そうだろう？

そのとき、玄関のほうから声が聞こえてきて、妻がやってきたことがわかった。ようやく。

フランチェスカは彼にほほ笑みかけた。彼女はすでにチャリティ・イベントに出かける格好をしていた。シンプルな黒のドレスで、彼の夢にいまだに出てくるきらびやかな紫色のドレスではなかった。

「準備はできた？」彼女は挨拶代わりに尋ねた。

「犬は連れてこなかったのか？」アリスティドはいらだちを懸命に隠してきいた。

「あなたのお母さまの申し出に甘えて、預けてきたの。リボリオのことが大好きみたい」

「僕の母に？」

「ええ。昨日、お茶を飲んだの。たちまち彼女のことが好きになったわ」それまでの作り笑いが少しだけ温かみを帯びた。「あなたは認めたくないでしょうが、あなたはお母さまにそっくりね」

それは褒め言葉のように聞こえたが、彼にとっては最悪だった。僕の心の中で渦巻くこのひどい感情は、母があの醜いミロに抱いていたものと同じなのだろうか？

だが、フランチェスカはミロとはまったく違う。その声がどこから聞こえてくるのか、アリスティドにはわからなかった。彼はただ彼女を見つめるしかなかった。妻に致命傷を負わされたかのように。

「きみは僕に何をしたんだ？」彼は途方に暮れて尋ねた。自分が何者なのかわからなくなったからだ。

アリスティドは常に人を遠ざけてきた。誰も必要としてこなかった。誰からも必要とされていないのに、こちらから求めようとは思わなかったからだ。

なのに、フランチェスカはここにいた。そして、ただ存在するだけでアリスティドを苦しめ続けている。彼は、フランチェスカを永遠に遠ざける方法を知らず、彼女を求め続けていた。

「何を言っているのかわからないわ」彼女は眉をひそめ、一語一語嚙みしめるように慎重に言った。

アリスティドもわからなかった。わかっているのは、彼女に触れたいということだけだ。今しがたの問いを取り消して。

〝あなたの望みを話してくれるなら、それは重要になるかもしれない。正直に話してくれれば〟

かつて彼女は言った。裸で彼のベッドにいるときに。

「そのつもりになれば、子供をつくれる」

アリスティドはそう言いながら、そんなばかげた提案をしたことに我ながら仰天し、パニックに陥りかけた。その一方、これできっとうまくいくとも思っていた。なぜなら、フランチェスカは妊娠していなかったと知って落胆していたからだ。彼女は子供が欲しかったのだ。

しかし、犬を贈ったときと同じく、望ましい結果は得られなかった。彼女はうれしそうにも、興奮しているようにも見えない。それどころか、怒っているように見えた。

「本気で言っているの？」

「きみの望みを叶えてやりたいんだ」

なぜ妻が期待どおりの反応を見せないのかといぶかりながらも、アリスティドはきっぱりと言った。

フランチェスカは首を横に振った。「あなたが何を企んでいるのか知らないけれど、私を贈り物で釣ろうとするのは、もうやめて。さあ、そろそろ出かけないと遅刻してしまうわ」

「行きたくない」

彼女は目を丸くした。「あなたはいったい何をしたいの、アリスティド？　何が欲しいの？」

「僕が欲しいのは……」彼の中で何かが砕け散った。僕は何を望んでいたのだろう？　少なくとも二人を破滅させるような、この欲求ではないはずだ。喉を締めつけられ、息をするのもままならなかった。

そのとき、フランチェスカの表情が変わり、怒りが和らいだのがわかった。

「たぶん、私は間違っていたのね」彼女は淡々と言った。「あなたは自分の望みを隠していると思っていたけれど、あなたは自分が何を望んでいるのかさえわかっていないんじゃないかしら？」

僕が欲しいのは、きみだ。きみだけだ。

だが、アリスティドはそれを口に出せなかった。

「自分が何を望んでいるのか、私は少しずつわかってきた。けっして今みたいな二人ではない。少なくともこんなふうにあなたとやり合うことじゃない」

「何が言いたいんだ？」

「しばらく離れて過ごしたほうがいいと思うの。もし噂が立ったら、適当な理由を考えればいい」

「だめだ」

「アリスティド……」

フランチェスカはとても疲れているようで、声にも力がなかった。今回の計画をひっくり返したのは彼女なのに。

「この状況を招いたのはきみだ」アリスティドは指摘せずにはいられなかった。

「いいえ、違うわ」彼女は激しくかぶりを振って否定し、部屋を出ていこうとした。

アリスティドはとっさに腕をつかんだ。

フランチェスカは彼をにらんだ。「こう言ったらあなたにも伝わるかしら」彼女は深呼吸をしてから続けた。「アリスティド、あなたを愛している」

その言葉は彼の胸を激しくえぐった。鋭く、耐えがたい痛みに、彼は自分がよろめいたのではないかと思った。今や自分の体の感覚さえつかめなかった。

「あなたが愛を望んでいないことはわかっている。私も望んでいなかった。けれど、もうあと戻りはできないみたい。だから、あなたのそばにいて自分がこれ以上傷つくのは耐えられないの」

フランチェスカは濡れた瞳で夫をじっと見た。

「あなたと一緒にいることを、私は楽しんでいる。でも……もっと欲しいの。私はたぶん、自由を手に入れて浮かれ、急ぎすぎたのだと思う。どうしようもないくらい、あなたが好きよ。私が欲しいのは、子供でも犬でもない。あなたと歩む人生が欲しい」

共に歩む人生……。アリスティドはそれを望むたび、父に、兄に、夫を優先する母に、ことごとく拒絶されてきた。だからこそ、彼は何も求めないでいられる人生を築いたのだ。「フランチェスカ、僕はそれを与えてやれない。無理だ」

「あなたに頼んでいるわけじゃない。ただ私の望みを伝えただけ。あなたは私に多くのものを与えてくれたけれど、私はあなたに何も求めなかった。あなたが自分で判断して、そうしたのよ」

アリスティドはかぶりを振った。「何を言おうとしているのかわからない」

彼女は苦々しげに笑った。「お菓子教室もリボリオもあなたの好みではなかった。だけど、あなたは私のために折れた。そう、あなたは出会った人すべてを幸せにしようとするの」

「もしそれが本当なら、どんなにいいか。事実は違う。僕と関わった人で幸せそうな人は一人もいない。きみがいい例だ」

「ええ、確かに今の私は幸せではない。でも、それは、あなたから多くのものをもらっても、本当に望んでいるものは手に入らないからなの。つまり、あなたと歩む人生が」

「僕にはそんなものを与える力はない」

一瞬、彼女の顔を同情らしきものがよぎるのを見て、アリスティドは悲観する必要はないのかもしれないと思った。彼女が僕を哀れみ、なんとかしてくれるのではないか、と。

しかし、それもほんの一瞬だった。

「本当に？ それとも、自分には難しいと恐れているの？ 失敗して傷つくのではないかと？」フランチェスカの目には涙がにじんでいた。「アリスティド、私たちは両親とは違う。自分たちでこれからのことを決めることができる。何を望むか。何を愛するか。でも、あなたはそれらに面と向かうのを恐れている」

妻の辛辣な言葉に、アリスティドの口から言うつもりのなかった言葉がこぼれた。「僕はきみを壊してしまうのが怖いんだ」周囲の人たちとの関係をことごとく壊してきたように。そんなつもりはなかったにもかかわらず。

「その昔、お兄さんに受け入れてもらえなかったから、そんなふうに思うんでしょう?」フランチェスカは問いただした。「あなたとヴェイルの関係は壊れ、この二十年近く、あなたは実の兄と一度もまともに話したことがない。それに、お母さまとの関係も壊れているから? あなたはお母さまのことを理解していないし、お母さまもあなたのことを理解していない。そうでしょう?」

アリスティドはこれ以上、聞きたくなかった。だが、フランチェスカは話し続けた。

「アリスティド、あなたは十三歳のときにつらい経験をして、自分の心を閉ざした。そうする余裕があったから。私にはそんな選択肢はなかった。だから、大人としての対処法を学べなかったんだと思う」彼女はかぶりを振った。「たぶん、愛そのものは選択ではないのかもしれない。でも、愛に関して何か行動を起こすことは選択そのものだと思う。そして、私たちは選択したのよ」

フランチェスカは〝愛〟という言葉を繰り返したが、それは彼を失望させ、傷つけただけだった。

「いえ、私たちではなく、私は選択した。だけど、あなたは自ら選択せず、逃げまわっている。私を求めているなら、そしてもし私を愛しているなら、自分で選ばなければならない。私はあなたに何もしてやれない。今はもう、あなたと一緒にいられない」

言い終えるなり、フランチェスカは立ち去った。

アリスティドにとって最悪なのは、自分以外に責める相手がいないことだった。つまり、この事態を打開できるのは彼しかいないのだ。自分をさらけ出し、本音を言わなければならない。妻に倣って。

僕の天使が、僕の人生が、僕の愛が、それに耐えられる充分な強さを持っていることを信じて。

15

部屋を出たものの、フランチェスカはどこへ行けばいいのかわからなかった。ただ、行かなければならなかった。

〝そのつもりになれば、子供をつくれる〟

どうしてアリスティドは私をこんなにも傷つけることを言えたのだろう？　彼はただ、私を懐柔したくてそう言ったにすぎない。彼にとっては犬も子供も同じ位置づけなのだ。

フランチェスカは子供が欲しくてたまらなかった。それだけに胸が張り裂けそうだった。

アリスティドのロンドンのアパートメントに来たのはこれが初めてで、勝手がわからなかった。すぐにも玄関から出ていくべきだが、スタッフに預けた手荷物がどこにあるのかわからない。少なくとも財布は必要なので、誰かに教えてもらう必要があった。

ところが、人の気配はなく、手当たりしだいにドアを開けても手荷物は見つからなかった。けれど、フランチェスカは奇妙なガラスの壁を発見した。近づいてみると、その向こうにプールが見えた。

驚きつつも中に足を踏み入れると、湿った暖気に包まれた。鉢植えの大きな植物が部屋のあちこちに置かれ、熱帯のオアシスのようだ。プールは大きくはないが、照明を浴びて青く輝いている。

泳ぐことが自由の象徴だと感じていたフランチェスカは迷わずに飛びこんだ。愚かだった。裸で泳ぐよりなお悪い。プールから上がったらどうするつもり？　服はずぶ濡れ、タオルも着替えもない。

それでも、水の中で喜びを見いだしていた。自由を手に入れた最初の週、彼女は波に身を委ね、新しく生まれ変わった気がした。今の彼女には、もう一度そんな気持ちにさせてくれるものが必要だった。たとえそれが、これまでいちばんばかげたことであったとしても。

恋に落ちるのは、あなたが今までしたことの中で最もばかげたことよ。心の声が戒めた。

確かにそうだ。もっと早く気づくべきだった。ひどく傷つくような申し出を彼がすると、なんとなく予感していたのに。

〝そのつもりになれば、子供をつくれる〟

アリスティドはまるで交渉の切り札のように言った。賄賂のように。ただフランチェスカは、彼が何を求めているのか判断できなかった。愛ではないだろう。本物の妻でもない。だったら、何？

フランチェスカは完全に水中に身を沈めた。間違いなく化粧も結い上げた髪も台なしだが、それさえ自由のあかしに思えた。

肺が耐えられなくなると、フランチェスカは立ち上がり、顔にかかった髪を払った。全身ずぶ濡れだから、泣いていたとしても、誰にも気づかれない。けれど、口からもれた荒い息は嗚咽のように部屋に響き渡った。そのとき、それとは別の音がして、ドアのほうに目をやった。

アリスティドだ。

まるで復讐の神さながらに、肩をいからせてタイルの床をプール目指して歩きだした。今はアリスティドと関わりたくなかったが、フランチェスカは思わず息をのんだ。

彼が水の中に入ってきた。スーツ姿のまま、彼女に向かって。水の抵抗などなんでもないかのように勢いよく。

「きみがいないときの自分が嫌いだ」アリスティドは声を荒らげた。「きみと喧嘩をしているときの自分も嫌いだ。きみを傷つけたなんて、考えたくないんだ」

フランチェスカは泳いで逃げようとしたが、彼の熱い視線と怒りに満ちた口調に気づき、思いとどまった。彼は私をここまで追いかけてきた。それって、彼の変化や成長を物語っているんじゃない?

でも、彼の言葉は……。

「考えたくない? あなたが私を傷つけたのは紛れもない事実よ。しかも、わざと私を傷つけた」

アリスティドは首を横に振り、さらに彼女に近づいた。「〝わざと〟というのは、きみを傷つけるために進んでやったという意味だが、僕がしようとしているのはただ一つ、きみを救うことだ」彼は両手を広げ、手のひらを上にして差し出した。

背を向けるべきだとフランチェスカはわかっていた。しかし、よかれ悪しかれ、彼を愛していた。

この愛に背を向ける方法がわからない。

もしかしたら、最終的に愛を得られるのなら、傷つくことにも価値があるのかもしれない。

「愛する人を遠ざけずに、抱きしめる術を僕は知らない。あるいは追い払われずに」

愛する人……。フランチェスカの心臓が跳ねた。

「私が追い払うと思う?」

「もうそうしているじゃないか!」彼は叫んだ。

「私を哀れんで犬を贈ったり、子供をつくってもいいと申し出たりしたのに、私が少しも感謝しなかったから?」

「哀れみなんかじゃない」

「じゃあ、何?」

「償いだ!」彼はうなった。大きな声で、痛々しく。

それに対してどう応じればいいか、フランチェスカは見当もつかなかった。

「僕は努力した。ヴァレンティノのように善良な人間であろうとしたが、なれなかった。父のせいで。僕は父にとって、嫡男を傷つけるための道具にすぎなかった。母に関してもしかり。僕はミロと別れさせ、自分の人生を見つけさせようとした。だが、母を説得できなかった」

フランチェスカは、アリスティドが両親のことで苦しんでいることは知っていたが、両親が彼に負わせた傷について完全には理解していなかった。彼がそれを見せないよう気をつけていたからだ。そんな彼を責められるだろうか？　私だって父親に虐待されていたことを隠していたのだから。

彼以外のすべての人に。

「ヴァレンティノに関しては……」彼はぶっきらぼうに言葉を継いだ。だが、すぐに黙した。

兄のことをどう思っているのか、適切に表現する言葉が見つからないらしい。

フランチェスカは手を伸ばし、彼の手を取った。

二人ともディナー用の装いのままプールの中にいた。

「アリスティド、他者の選択を基に自分を裁いてはだめ。ときどき私が頭の中で父親の声を聞いているとは思わない？　おまえは価値のない人間だとか、おまえが苦しむのは当然だとか？」

彼はそれに異を唱えるかのように、フランチェスカの手を握り返したが、彼女は続けた。

「あいにく、そのとおりだと時おり思うけれど、父に傷つけられたことで、私や私の人生に影響が及ぶのは、絶対にいやなの」

「フランチェスカ……」彼はそれしか言わなかった。プールの中で彼女の手を握りしめながら、痛みを感じているかのように名前だけを言った。

フランチェスカは笑いたかった。泣きたかった。けれど、二人には結末が必要だった。それがどのようなものであれ。

終わりよ。心の声がささやいた。

ついさっきまでなら、その声に耳を傾けていたかもしれない。しかし、心の声が必ずしも自分のためにならない場合もあると思い、フランチェスカは聞き流した。

「場所を変えて理性的な話し合いをしよう」

そう言ってアリスティドは彼女の手を引いてプールから上がった。ずぶ濡れの服を着たまま。どうしてこんなばかげた状況に陥ったのか、彼は理解できなかった。

ただし、フランチェスカはここにいて、彼に体を拭かせた。彼をじっと見つめながら。

濡れそぼったプードルのような妻の姿は、アリスティドが自分の人生から抹殺したと思っていたすべての感情を呼び覚ました。

彼女を愛していたからだ。

フランチェスカは悲惨な経験を乗り越え、前向きに生きてきた。彼女は善良で、完璧で、まさに僕の天使だ。

彼女は僕を理解し、僕が本当に求めているものは何か熱心に探ろうとしていた。彼女が常に正当な手段を使っていたわけではないが。

アリスティドはタオルでフランチェスカの顔を拭いた。それからタオルを放り、両手で包みこんだ。彼女の肌は湿っていて柔らかい。そして、僕のものだ。そうだろう?

彼はフランチェスカをなんとしても自分のものにしたかった。だが……。

「フランチェスカ、僕の小さな天使（ミオ・アンジョレッタ）、僕が感じるすべてがきみを傷つけるのではないかと心配でたまらない」

すると、彼女は真剣な目でアリスティドを見つめた。夫の言葉を吟味しているようで、即座に反応を示さず、彼はやきもきした。しかし、その慎重さこそが、このあと彼女が何を言うにせよ、それは真実であり、きわめて重要なものだと彼に思わせた。上っ面の言葉ではなく。

「あなたの気持ちは私を傷つけるかもしれない。でも、それは意図的ではないし、お互いに傷つけ合うようなものではないはず。生きていれば……そう、人は誰だって傷つく。だけど、うっかり相手を傷つけることと、意図的な仕打ちは、まったくの別物だと思う」

「きみが僕に期待するのは、残酷な仕打ちはしないということだけなのか？　そんなにハードルが低いのか？」アリスティドは彼女の額から濡れた髪を払いのけ、つぶやくように尋ねた。

　フランチェスカはかぶりを振った。「アリスティド、私はあなたにずっと腹を立てていたし、いらだちも感じていた。でも、その理由を直接あなたに伝えたとき、何かが変わった。現に、あなたは私のいるプールに飛びこんできた。服を着たまま。私が思うに、大切なのは、傷つけ合うことを心配するのではなく、傷ついたときにそれを相手に伝える勇気を持つことじゃないかしら。なりふりかまわずプールに飛びこむように、思いきりよく」

「僕はきみに、なんでもあげるつもりだ」

　フランチェスカはため息をついた。手を伸ばして彼の頬に指先で触れる。「贈り物はいらない。私にはあなたが必要なの。お母さまがおっしゃったような意味ではなく。お母さまの言う〝必要性〟は一方的で、愛とは言えないから。お母さまがミロのためにすることは、すべて一方的なものよ。お母さまはミロから何かを得ているのかもしれないけれど、それは彼からではないと思う」口調を改めて続ける。「私はあなたを必要としているの」

　アリスティドは自分を捧(ささ)げる方法を知らなかった。あるいは知っていたのかもしれないが、それが報われたためしはなかった。

　だが、今回の相手はフランチェスカだ。波乱に富んだ少女時代がもたらした恐怖の中にあってさえ、彼女はその苦難を乗り越えるための光となることを、彼は知っていた。

そして、アリスティドは本当のことを彼女に伝えなければならなかった。なぜなら、どんなに彼女から離れようとしても、うまくいかなかったからだ。離れれば離れるほど、苦痛は増すばかりだった。

「僕はきみを愛している。そして、それが僕を破滅に導くのではないかと心配している。きみをも破滅させるのではないかと」

「変化は必ずしも悪いことばかりとは限らないわ、アリスティド。私は人生をよりよい方向に変えた。服を着たままプールに飛びこんだり、あなたと喧嘩をしたり、心を砕かれたりしても、今の私のほうがいいと思っているの」

アリスティドはほんのわずか顔をしかめた。「きみは僕の母みたいなことを言う」

「私はあなたのお母さまが好きよ。彼女の意見や考えにすべて同意することはできないかもしれないけれど、これだけは確信を持って言える。彼女はあなたを心から愛しているわ、アリスティド」

「ああ、わかっている」だが、ときどきつらくなった。母は僕より父を優先したからだ。そう、母には常人には理解しがたい欠点がある。

とはいえ、何より重要なのは、僕が母と同じ過ちを犯す必要はないということだろう。両親の間にあるものは愛ではないが、フランチェスカが僕に差し出したものは紛れもなく愛に違いないから。

今、フランチェスカはここにいて、僕を愛していると言い、僕の心に手を伸ばそうとしている。今まで誰もそんなことをしてくれなかったから、信じるのは難しい。だが、僕はフランチェスカを信頼している。信頼せずにはいられない。

「もう一度言って」フランチェスカが言った。美しい目をきらきら輝かせて。

そして、アリスティドは彼女の体と魂のぬくもりに包まれた。これを得るためなら、僕はどんなリスクも冒すし、どんな敵とも戦うだろう。僕が抱える根深い恐怖にさえ。

「愛しているよ、フランチェスカ」

「私も愛しているわ、アリスティド」

「よし、たった今から僕たちの人生を築いていこう。この愛を土台にして。同時に、僕は強くなる方法を学ぶ。きみからね。約束するよ、フランチェスカ、僕は永遠にきみのものだ。きみが僕のものになってくれるなら」

「ええ、永遠にあなたのものになる」フランチェスカはささやき、約束のキスをした。

エピローグ

島に戻った二人は、数週間かけて、これからの人生をどう築いていくかを決めた。夫婦として。愛し合う二人として。二人は自分たちの望みを出し合った。すべて意見が一致したわけではないが、フランチェスカは対立を喜んだ。なぜなら、愛を告白し合ったあとの最初の喧嘩だったからだ。

フランチェスカはリボリオを散歩に連れ出し、犬に当たり散らした。アリスティドスはジムに姿を消した。そして二人とも汗だくで息を切らして家に戻ると、リビングルームでばったり出会い、そのとたん笑い始めた。

すべてのいさかいがこんなに簡単に、こんなに明るく解決するわけではないとわかっていたが、それでも愉快だった。これこそフランチェスカの求めていた人生だった。

ジネーヴラと親交を深めること。

島でチャリティ・イベントを開催すること。

そして、ヴァレンティノを招待すること。

ヴェイルからの返事はなかったが、フランチェスカの決意は固かった。なんとしてもヴェイルに来てもらうと。

アリスティドが妻を断念させるのを諦め、代案を提示すると、彼女は大いに喜んだ。それはある夜、二人がたっぷりと愛し合ったあとのことだった。

「僕たちは数週間後にロンドンのイベントに出席する。そのついでに、僕は〈ダイヤモンド・クラブ〉に立ち寄ってヴァレンティノと会い、オリーブの枝――和解案を差し出そうと思う」

「どんな？」

「何か考えておくよ」

フランチェスカは彼のたくましい肩にそっとキスをした。「〝僕たち〟って、いい響きね」

すると、アリスティドはすばやい動きで彼女を自分の上にのせた。そして妻を見上げ、にっこり笑った。「僕たちは永遠に一緒だよ、僕の小さな天使（ミオ・アンジョレッタ）」

ロンドンを訪れたとき、二人は幸せいっぱいだった。フランチェスカが妊娠したのだ。取り引きでも、賄賂でも、予定外でもない。愛のおかげで新たな命を授かったのだ。

〈ダイヤモンド・クラブ〉に出かける支度をしているとき、フランチェスカが言った。

「ヴェイルはまだ準備ができていないかもしれない。でも、あなたは扉を開け続けていなくてはだめよ」

自分にその心構えができているかどうか自信がなかったが、アリスティドはうなずいた。妻を喜ばせるためというだけでなく、彼自身、ヴァレンティノとの友情を取り戻したいと願っていたからだ。

フランチェスカが玄関ドアの前で彼をぎゅっと抱きしめると、アリスティドは彼女の腹部に手を滑らせた。そこで二人の子供が育っていると思うと、驚嘆せずにはいられなかった。

「たとえ今夜はうまくいかなくても、気落ちする必要はないわ。私がいつもそばにいるから」フランチェスカは爪先立ちになり、夫の口元にキスをした。

アリスティドはほほ笑んでうなずき、〈ダイヤモンド・クラブ〉に向かった。

彼はヴェイルがいつそこに現れるかを知る手立てを持っていた。そして、兄がいるときを狙い、自らも出向くのだ。兄をいらだたせるために。

だが、今夜はそれが目的ではなかった。

フランチェスカが人生に現れて以来、アリスティドは〈ダイヤモンド・クラブ〉のことはほとんど頭になかった。クラブは静かな通りにあり、彼も兄と同じく、そこにスイートルームを所有していた。スタッフは皆、きわめて優秀で、客の要望を予測して動いていた。

そのため、兄が酒を片手に不機嫌そうに座っている部屋を見つけるのは簡単だった。アリスティドは、兄の向かい側の席に向かう前に、自分も飲み物を手にした。

顔を上げてアリスティドを認めるなり、ヴァレンティノは眉をひそめた。「おまえを誘った覚えはない」冷ややかに言う。「もっとも、おまえが僕のところへ押しかけるのに、許可を求めたためしはないが」

アリスティドはにやりとした。内心では大きなため息をつきながら。「今回の件で兄さんにかなり疲れているに違いない。もし、どうしても僕を侮辱したいのなら、何か新しい策略を練るしかないんじゃないか？」

「もし会話をしたいのなら、鏡に向かって話せばいい」ヴァレンティノはぶっきらぼうに応じた。

二人はにらみ合った。

「兄さんは知っておくべきだと思ったんだ」しばらくして、アリスティドは慎重に言葉を選びながら言った。なんとか和解の糸口を見いだしたくて。「フランチェスカが妊娠した」

ヴァレンティノは目を見開いた。「なぜ僕にそんなことを知らせるんだ？」

「祝福の言葉を聞けるとありがたい」アリスティドはかぶりを振りながら言った。「兄さんは最悪の事態を想定する傾向があるから、妻との間に赤ん坊ができたことを知っておいてほしかったんだ。僕と同じひどい父親を持つ兄さんを、相続人としての兄さんを、攻撃しているわけではない。ただ、知らせるべきだと思っただけだ」

ヴァレンティノはグラスを強く握りしめながら言った。「妙な話だな、僕から花嫁を盗んだおまえが、妻の妊娠を報告する義務があると考えているとは。いったい、どういうつもりだ？」

「僕にはなんの思惑もない」アリスティドは冷静に答えた。「ただ、何が起ころうと、僕は信じていた。きみは友だちでいてくれると。その信頼を破ったのはあなただ、兄さん」

「子供の頃、おまえの母さんは僕に料理や掃除の仕方を教えてくれた。覚えているか？」

唐突に話題が変わり、アリスティドはそれが何を意味するかわからなかったが、喜んで乗った。和解のために。

「もちろんだ。僕もその場にいたのだから」

「なぜジネーヴラはそんなことをしたんだ？」兄はその理由を本気で知りたがっているかのように尋ねた。「彼女はおもしろがっていたのか？」

アリスティドは自分の母親についてどう考えていいのか、まだわからなかった。フランチェスカの視点を通して母を見るようになったからだ。

その新たな視点は、たとえ母親が犯した過ちのせいで深く傷ついたとしても、母親は基本的に善人であることを彼に思い出させた。

ジネーヴラは完璧ではないが、ほかの人たちと同じように、学びながら生きてきた。

つまり、彼女は誰の敵でもないのだ。

「料理と掃除は、母さんの愛情表現なんだ、ヴァレンティノ」アリスティドは穏やかに言った。「兄さんが考えているような悪意は母さんにはない。彼女はただ単に恋に落ちた女にすぎない」

突然ヴァレンティノが立ち上がった。「僕はおまえの不当な結婚と、感受性の強い子供に教えるであろう数々の道徳的な教訓を称賛する。それから、実は僕も結婚したんだ。子供もできた」

傷ついた。ヴァレンティノの言葉に非難がこもっていたからだ。兄弟の対立と競争がまだ続いているかのように。アリスティドには未来が見えていたはずだった。兄弟が和解し、共に希望と愛に満ちた家庭を築く姿を。だが、ヴァレンティノにはまだそうした未来が見えていないようだった。

「ああ……なるほど」アリスティドはそれしか言えなかった。

ヴァレンティノはうなずいた。「この好循環が続くよう願っているよ」そう言って、彼は立ち去った。

アリスティドは酒を飲み干し、今しがたのやり取りを思い返したが、なぜ思ったほど傷つかなかったのか、よくわからなかった。

フランチェスカに兄とのやり取りを話したとき、彼は初めて気づいた。

「ヴェイルはいつもの兄ではなかった。落ち着きがなく、どこか思いつめたような顔をしていた」

「それはすばらしい兆候よ。ヴェイルも変わろうとしているんじゃないかしら」

フランチェスカは正しかった。なぜなら後日、ヴァレンティノが変わりつつあることが明らかになったからだ。身ごもったカルリッツ王女と愛を育むことによって。

だが、すぐには和解できなかった。兄との関係構築にアリスティドは慎重を期していたが、和解は時間の問題だと確信していた。二人とも愛によって変わったのだから。

兄弟は、怪物のような父親ミロに勝ったのだ。

そして、ミロが死ぬ少し前に、アリスティドとフランチェスカは、ついにジネーヴラの説得に成功し、彼女を自分たちの家に移り住ませた。最初は、増え続ける家族の世話を手伝ってもらうためだった。

ミロが本当に地獄に落ちたあと、ヴァレンティノとアリスティドがボナパルト邸を児童養護施設にすることを提案すると、ジネーヴラは再びそちらに移り住み、身寄りのない子供たちの世話を焼くようになった。フランチェスカもまたこの施設のために多くの時間を費やし、彼女とアリスティドの子供たちも長年にわたって施設の維持に力を尽くした。

ボナパルト兄弟は、島を子供たちの声、喜び、生命で満たした。ミロはさぞかし墓の中で地団駄を踏んでいることだろう。

もっとも、アリスティドが父親のことを思い出すことはほとんどなくなった。

美しい妻、愛らしい子供たち、そしてかつての親密さを取り戻した兄とその妻に囲まれ、すばらしい人生を送っていたからだ。

愛と共に生きる道を選んだおかげで。

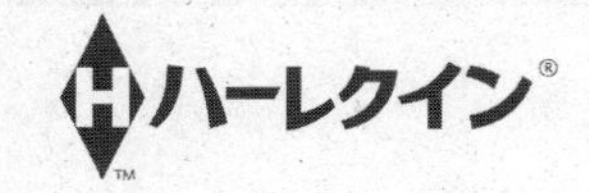

大富豪は華麗なる花嫁泥棒
2025年3月5日発行

著　　者	ロレイン・ホール
訳　　者	雪美月志音（ゆみづき　しおん）
発 行 人	鈴木幸辰
発 行 所	株式会社ハーパーコリンズ・ジャパン 東京都千代田区大手町 1-5-1 電話 04-2951-2000（注文） 0570-008091（読者サービス係）
印刷・製本	大日本印刷株式会社 東京都新宿区市谷加賀町 1-1-1

ISBN978-4-596-72309-3 C0297

ハーレクイン・シリーズ 3月5日刊 発売中

ハーレクイン・ロマンス

愛の激しさを知る

二人の富豪と結婚した無垢 〈独身富豪の独占愛Ⅰ〉	ケイトリン・クルーズ／児玉みずうみ 訳	R-3949
大富豪は華麗なる花嫁泥棒 《純潔のシンデレラ》	ロレイン・ホール／雪美月志音 訳	R-3950
ボスの愛人候補 《伝説の名作選》	ミランダ・リー／加納三由季 訳	R-3951
何も知らない愛人 《伝説の名作選》	キャシー・ウィリアムズ／仁嶋いずる 訳	R-3952

ハーレクイン・イマージュ

ピュアな思いに満たされる

捨てられた娘の愛の望み	エイミー・ラッタン／堺谷ますみ 訳	I-2841
ハートブレイカー 《至福の名作選》	シャーロット・ラム／長沢由美 訳	I-2842

ハーレクイン・マスターピース

世界に愛された作家たち
～永久不滅の銘作コレクション～

紳士で悪魔な大富豪 《キャロル・モーティマー・コレクション》	キャロル・モーティマー／三木たか子 訳	MP-113

ハーレクイン・ヒストリカル・スペシャル

華やかなりし時代へ誘う

子爵と出自を知らぬ花嫁	キャサリン・ティンリー／さとう史緒 訳	PHS-346
伯爵との一夜	ルイーズ・アレン／古沢絵里 訳	PHS-347

ハーレクイン・プレゼンツ作家シリーズ別冊

魅惑のテーマが光る
極上セレクション

鏡の家 《ハーレクイン・ロマンス・タイムマシン》	イヴォンヌ・ウィタル／宮崎　彩 訳	PB-404

※予告なく発売日・刊行タイトルが変更になる場合がございます。ご了承ください。

ハーレクイン”の話題の文庫
毎月4点刊行、お手ごろ文庫！

2月刊
好評発売中！

『とぎれた言葉』
ダイアナ・パーマー

モデルをしているアビーは心の傷を癒すため、故郷モンタナに帰ってきていた。そこにはかつて彼女の幼い誘惑をはねつけた、14歳年上の初恋の人ケイドが暮らしていた。

（新書 初版：D-122）

『復讐は恋の始まり』
リン・グレアム

恋人を死なせたという濡れ衣を着せられ、失意の底にいたリジー。魅力的なギリシア人実業家セバステンに誘われるまま純潔を捧げるが、彼は恋人の兄で…!?

（新書 初版：R-1890）

『花嫁の孤独』
スーザン・フォックス

イーディは5年間片想いしているプレイボーイの雇い主ホイットに突然プロポーズされた。舞いあがりかけるが、彼は跡継ぎが欲しいだけと知り、絶望の淵に落とされる。

（新書 初版：I-1808）

『ある出会い』
ヘレン・ビアンチン

事故を起こした妹を盾に、ステイシーは脅されて、2年間、大富豪レイアンドロスの妻になることになった。望まない結婚のはずなのに彼に身も心も魅了されてしまう。

（新書 初版：I-37）

※ハーレクインSP文庫は文庫コーナーでお求めください。